感情教育

フランシス・キング

横島昇 訳

未知谷
Publisher Michitani

目次

時及び所　一九六〇年代初頭の京都

登場人物

シンシア・ピュー　四十代初めの女性。幕開きの彼女は、病院で子供を死産し、退院したばかり。本来は心優しい女性であるが、この不幸によって神経がささくれ立っており、自分の結婚生活にも日本の暮らしにも、不満を抱いている。

ロバート・ピュー　シンシアの夫で四十代初め。大柄で、灰色の髪をしている。京都の英国文化館で館長を務めているが、徐々に募る夫婦の倦怠感への慰めを、仕事の中に見いだしている。無精で、とぼけ顔で冗談口をたたいたりするが、常に、自分の能力以上の仕事をしようとする意気込みを持っている。

中野　二十一歳の大学生。顔立ちはよく、小柄で引きしまった体付きをしており、並はずれて濃い睫毛と白い歯とが印象的。極めて真面目な性格で、当然ユーモア感覚も欠如している。強い自制心のせいで、進んで自らの心の奥を露《あらわ》にすることはないが、実は大変な情熱家である。

黒田　五十代後半の大学教授。癖はあるが、正確な英語を話し、この上なく礼儀正しい人物。丸々と肥った男で、眼鏡をかけ、よく通る声をしているが、訳もなくクスクス笑いをする癖がある。

パム・モンクス　二十四歳になる、英国国教会の宣教師。あまり風采のあがる方ではないが、真っ直ぐな髪をたらし、表情は活き活きしていて、もっと身嗜みに気を付けさえすれば、かなり魅力的に見えるはずの女性。声は多少ハスキーなところがあり、陽気である。自惚れが強い反面、食べ物に対してと同様に、愛情に対する飢えを抱えている。

ピーター・メイヒュー　四十五歳ぐらいの、パムの働く伝導団の団長。薄い茶色がかった髪に赤い頬をし、腰回りは大きいが、腹はそれほど出ていない。その声は深く酔いがまわっているよう。一見陽気な人物に見えるが、その実、狭量で嫉妬深い。日本人の妻がいるが、心の奥に同性愛的感情を隠し持っており、自分でもそれと気付かぬまま、中野に惹かれている。戦時中日本で送った捕虜収容所での数年間の体験が、その後の彼の人生に濃い影をおとしている。

感情教育

二幕

一（第一幕第一場）

ある春の日の夕暮れ時。小体な庭に面した平屋の縁側。背後の障子は広く開けられ、そこからむさくるしい気な広い座敷が見える。部屋には二、三点の傷みのはげしい洋風の家具（そのほとんどは籐製）が置かれ、その傍にはコーヒー・テーブルが見える。掛け軸も花器もない床の間には、無造作に書籍が積まれており、その横にはロバートの仕事机と椅子。隣部屋に通じる襖の近くの壁には鏡が掛かっている。手前の庭には灌《かん》木《ぼく》や岩が散在し、その辺りには不均斉な池があり、池の端にはベンチが置かれている。それらのものを縫うように、うねうねとした小径《こみち》が通っているが、その径は三段になった石段へと続き、その石段を上りきったところが縁である。屋敷には竹矢来がめぐらされており、そこには丈の高い門が設けられている。その竹矢来に面して一筋の通りがある心持ち。

幕が上がると、シンシアと中野は縁側におり、薄汚れた詰め襟の学生服に裸足の青年は、そこに跪《ひざまず》きながら花を生け、女の方は、スリッパを履いたその長い脚を庭にたらしながら、相手の方をじっと見ている。一方、座敷の中ではロバートが、座布団を枕に畳の上に大の字になり、雑誌を読んでいる。

中野　僕らはその基本的な原理ば、「天・地・人」と言うとるとです。この言葉の意味、お分かりになりますか？

シンシア　いいえ、ちっとも。

中野　「天・地・人」いうんはですね、天と地と人間《ひと》のことばいうとるとです。「天」はこの宇宙の一番高いところを、「地」は一番低いところを指しています。そして僕ら人間は、この二つのものの間に居《お》るとです。（ト自分の言うことを説明しようと、花に手をやる）

シンシア　（中野が切り落したままにしている花の茎で、縁側の板と板との合わせ目の部分をつついている）こんな所に、見たこともないような大きなクモがいるわ。

中野　僕がやっちょるのは、もっぱら盛り花の方で。こうして花を盛って飾るんは、明治に入って盛んになった様式《スタイル》なんですけど、洋風の部屋には、多分こういうのんが一番合うとですよ。

シンシア　ほら、昆虫はどれだってみんなイギリスよりか日本の方が大きいのに、何だって人間だけは、こっちの方が小さいのかしらね。ねえ、あなた、これ、どうしてだと思う？

中野　盛り花は、たしかに、池坊《いけのぼう》なんかで生けちょる花みたいに豪華じゃなかとですが……えっと、今、何て仰ったとですか？

シンシア　いいえ、いいのよ。気にしないで。バカなことを訊いちゃったわ。

中野　華道の流儀にも色々あることはあるとですが、お釈迦さんや孔子の説いた調和を重んじ、それを創り出そうと心がけることではみな一緒ですけんね。

シンシア　あなたぐらいの歳の男の子が生け花なんかに熱中していたら、イギリスじゃ笑われちゃうわ。それぐらい、あなただってご存じよね。……それ、何だかグラグラして、今にも天が落っこちてきて、人間を押しつぶしちゃいそうね。（ト花器の中にもっと深く花を差し込もうとする）これでどうかしら？

中野　……ばってん、それじゃあ、ちょっと低すぎると……。僕にはそう思えるとですが……。

シンシア　僕にはそう思える？　あくまで自分の考えが正しいって思っているんでしょ。そういう時には、もっとはっきりそう仰い、遠慮しないで。……何だかちょっと冷えてきたみたい。わたし、まだ熱があるのかしら。あなたはどう、寒くない？

中野　そういえば、そんな気も……

シンシア　（感情を露《あらわ》にして）ほら、あなた、またわたしに気を遣ってる。ちっとも寒くなんかないくせに。ご覧なさい（ト彼の額を指さして）そこに汗かいているじゃないの。

中野　えっ？　今、何て言われたとです？

シンシア　いちいちわたしの言うことに合わせて、こっちの機嫌をとらなくてもいいってことよ。相手に気兼ねなんかしないで、もっと自分の思うことを率直に仰い。

中野　そう言われても、僕にゃ……

（隣家から犬の吠え声）

シンシア　またあの犬ね。ホントに煩《うるさ》いったらありゃしない。お隣さん、何であぁして犬をつないでばかりいるのかしら。

中野　そりゃあ、番犬だからですよ。

シンシア　でもあんな風に頸に鎖をつなげたままじゃ、いざって時に役に立たないでしょう。

中野　ばってん、あの鎖を外してしもうたら、ああいう犬は吠えんとですよ。

（下駄の音が近づいてくる）

シンシア　どなたかお客様が見えたようね。わたし、退散させてもらうから。こんな恰好《なり》をしてたんじゃ、とっても他人様《ひと》の前には出られやしない。

中野　日本じゃよく丈夫な人をつかまえて、「ちんころみたいに達者や」なんて言うとですが、この文句、知っちょられますか。子犬は成長が早うて、元気が満ちあふれとるもんでそう言うとですが。

シンシア　このわたしに、そんな子犬の元気があったらね。

（着慣れた着物姿の黒田が門から姿を見せる。縁側のシンシアと中野を見て、ハッとする）

黒田　おや、これはどうも相済みません。突然お邪魔に上がったりして……。ちょっとピユー教授にお目にかかれへんか思ったものですから。

シンシア　（立ち上がりながら）あら、そうでしたか。

黒田　先生はご在宅で？

シンシア　（頷いてから踵を返して座敷へ入り）ロバート、どなたかお客様よ！

ロバート　（起きあがりながら）なに、お客さんだって？

黒田　（シンシアに自己紹介して）申し遅れましたが、私、あの、京大の黒田と申します。英文学をやっておる者で……（黒田がお辞儀をすると、シンシアは片手を差し出すが、黒田は神経質な笑いを洩《も》らしながらその手をとる。起きあがったロバートは、ズボンの中にシャツを押し込みながら縁側に出る）

シンシア　こちら、京都大学の黒田先生。

ロバート　これは、これは。さあ、先生、お上がりになって。
黒田　いや、私はその、ポーロックのお客にはなれませんから。
ロバート　（この黒田の言葉に面食らって）どこのお客ですって……？（漸く黒田の言わんとすることを呑み込んで）ああ、コウルリッジの未完の詩にまつわるエピソードのことを仰っておられるんですね。ポーロック村の来客のために詩作が中断し、確かに「忽必烈汗《フビライ》」は五十四行の断片で終わりましたが、私にはそういったお気遣いは無用です。こっちは、そんな仕事をしていた訳じゃありませんからね。さあ、どうぞ、お上がりになって。
（黒田、自分の下駄を見ながら一瞬躊躇する）
シンシア　スリッパがございましてよ。中野クン、先生にスリッパお出しして。
黒田　いえ、それには及びませんよって。裸足《はだし》の方が気持いいですから。
（黒田、靴脱石に下駄を脱ぐと、ロバートに従《つ》いて座敷に上がる。シンシアと中野は生け花に戻る）
黒田　（室内のソファーと肘掛け椅子に目をやってから、畳の上の座布団を見つめて）椅子か座布団か、どちらに坐らせて頂いたらよろしいでしょうかね。
ロバート　お好きな方へどうぞ。
黒田　私は年中こうして着物で通しておりますけど、狭いところでも、我家《うち》ではこういう洋式の椅子を常用しておるんです。

ロバート　ご覧の通り、ここもちっぽけな家ですけど、それじゃ、そのソファーの方へでもおかけ下さい。

（黒田はソファーに、ロバートは座布団の上に腰を下ろす）

黒田　これはまあ、腰を下ろすところがアベコベになってしもうて……

ロバート　日本《こっち》じゃえてして、その持ち場がサカサマになるもんですよ。そうはお考えになりませんか。西洋《あっち》から来ている友達なんかが相手だと、決まって話題になるのが佛教のことですし、逆に日本人が相手の議論だと、直ぐに持ち出されるのが、ケンブリッジで活躍した、ウイーン生まれの哲学者ウィトゲンシュタインのことなんですから。

黒田　すると、先生のお得意は、どちらの方で？

ロバート　どちらも得意じゃありません。双方ともに、乏しい知識しか持ち合わせがないもので。

黒田　（笑いながら）では私らは、（次に口にする言い回しが正しいかどうか自信が持てぬままに）、ど、同舟《どうしゅう》の輩《ともがら》というわけですね。……それで先生、本日私がこうして突然お伺いさせて頂いたのはですね……。初めは予《あらかじ》めお電話させて頂くつもりやったんですが……

ロバート　ああ、そうでしたか。実は目下、わが家の電話はつながらなくなっておりましてね。女房が入院なんぞしていたもので、料金の支払いが出来なくなって。財布は全部、女房が握っているもんですからね。

黒田　えらい立ち入ったことをお訊きしますけど、奥様、大分お悪かったんですか？

ロバート　まあね……。ですが、もう大丈夫です。すっかり良くなりましたから。

黒田　どうもこっちの気候は、外国のお方には合わんみたいですね。

ロバート　いえ、女房の病気は、気候とは関係ないんです。

黒田　……実は今日は、先生にご覧頂きたいものがあって持参したんです。去年の日本英文学会の年次総会のプログラムなんですけど……。（ト持参した風呂敷包みをほどき、中から書類ばさみで留められた文書を取り出す）ご都合のつかはるときご一読頂ければ、私どもの現在の取り組みについてご理解いただけるかと……。お読み頂いた上で、ご質問やらありましたら、何なりと仰っていただければご説明させて頂きますよって。……宜しかったら、この場で今ご覧頂けませんか。

ロバート　（書類を受け取りながら）これはどうも。

黒田　ご覧の通り、一方は日本語で、もう一方は英語で書かせてもろうてます。英語の方は、ひょっとして、おかしな箇所《ところ》があるかもしれませんけど、どうぞひとつお手柔らかにお願い申します。恥ずかしながら、この私が書いたもので……

ロバート　そんなこと、お気遣いには及びませんよ。

（ロバートは黙ってその書類を読む。一方黒田は、それを心配気に見ている。ややあって、文書を読み終えたロバートがそれを手許に置くと、黒田と話を始める。が、初め観客の注意はシンシアと中野の方に向けられているので、この会話の中身は聞き取れない）

中野　今日のお稽古は、これぐらいにしておきまっしょう。ちょっとお疲れになったんやなかとですか、奥さん？　よかったら、庭の草むしりでもやりまっしょうか。九時の柔道の稽古までには、まだ時間があるとですから。

（中野、縁側から勢いよく庭におり、草むしりを始める。一方シンシアは、縁側から青年のすることを見ている）

シンシア　あなたがそうやって色んな面倒引き受けて下さるから、わたしたち、ホントに助かるわ。

中野　そう言って頂けると嬉かです。こうしてお宅へ伺うことで、こっちは西洋《あっち》の習慣や作法や人間たちのこつば、色々と勉強できるとですから。

シンシア　わたしたちだって、あなたがいてくれるお蔭で、日本《こっち》の人たちの暮らしのことがいっぱい学べるわ。でも、あなたみたいに相性のいい人と出会えるなんて、滅多にないことよ。（中野は返事をしない）ねえ、中野クン！

中野　え？

シンシア　わたしが今言ったこと、聞いてる？（中野、彼女を見上げる）いえ、もういいわ、何でもないの。

中野　僕たち、今日、英語研究会で、面白い討論ばやったとですよ。「愛と友情の違いは何か」っちゅうテーマなんですけど。

シンシア　それで、どんな結論に？

中野　みんなの言うのには……。ばってん、こういう題目で話しばするとは、やっぱ、むずかしかとですよ。

（表通りから下駄の音。つづいて呼び子の音が繰り返し響く）

シンシア　あれ、屋台のうどん屋さんじゃないかしら。……あなた、おうどん、食べる？

中野　いえ、いいです。お腹《なか》なら空いとらんです。どうぞ、そげな心配、なさらんで下さい。

シンシア　まあ、そんなはずないわ。ほんとは何かお口に入れて腹ごしらえしたいはずよ。ほら（トポケットから百円紙幣を取り出す）、ここにお金があるから、おうどん食べてらっしゃい。

中野　お腹なら、ほんとに空いとらんとですよ。

シンシア　いえ、あなたは何時もお腹を空かせているみたい。一体、下宿じゃ何をこさえて食べているの？（屋台のうどん屋の笛と下駄の音が小さくなり始める）わたし、入院していたとき、一晩中あの笛の音を聞いてたような気がするわ。

中野　夜はあの人たちにとっちゃ、書き入れ時ですけんね。僕も仕事で遅いときなんか、よく食べるとですよ。

シンシア　ねえ中野クン、これ、病院にいるときもずっと考えていたことなんだけど、あなた、今いる下宿《ところ》を出て、我家《こっち》に移ってきたらどう？

中野　（シンシアの言葉に、驚くと同時に戸惑って）ここん家《ち》い引っ越してきて、ひとつ屋根の下住めえっち仰るとですか？

シンシア　わたしの言うこと、そんなにビックリするようなことかしら。あなたがいてくれると、わたしたち、そりゃあ助かるのよ。わたし、しばらくは無理できない体でしょう……武村さんはあのとおり、とても期待できる女《ひと》じゃないし。三度の食事の用意を頼めるのがやっとのところ。お家の中はちらかり放題だわ。

中野　ばってん奥さん、僕なんかじゃ、まずもって間に合わんですよ。

シンシア　間に合わない、ですって？　あなた、どんなことが、間に合わないって言うの？　言わんとしていることが、分からないわ。いい、わたしたち、あなたに何か特別なこと、やってもらおうっていうんじゃないのよ。今の、肉屋の二階のあんなむさくるしい所にいることを思ったら、こっちの方がどれほど楽か。あなたが今みたいにちょっとした家の仕事を手伝ってくれて、一つ屋根の下に暮らす分、一つか二つ、出てきた余分の仕事を片付けて貰うだけの話じゃないの。もちろん、お部屋代なんて要らないし、お小遣いだって、これまでどおりよ。あなたにとっちゃ、決して損な話じゃないと思うけど……。ねえ、なにか仰いよ。

中野　ばってん、僕なんかに、ちゃんと言われた責任が果たせるかどうか……

シンシア　（笑いながら）ねえ、その責任て、どんな？

中野　（心配そうに）お、奥さんと、旦那さんとに対する、こっちの責任のことば言うとるとですよ。

シンシア　また、下らないことを！（庭へ降りて行きながら）あなたの今抜こうとしてるの、わたしの植えたきんぎょ草よ。どの草を取ったらいいか、よく見てらっしゃい。（シンシアも、中野と一緒に草むしりを始める。ここで観客の注意は、ロバートと黒田の方に戻る）

黒田　それでですね、ピュー先生、先生が私らの願いをお聞き入れ下さって、総会の場でご講演下さるいうことになったら、学会の人はみんな有難い思って、ご親切に感謝する思いますわ。

ロバート　こちらこそ、お声をかけて頂いて光栄ですよ。

黒田　それで、ご講演をご承知頂けるいうことでしたら、その演題について、詰めさせて頂きたいと思うんですが……。それは皆さん、この際、面白い話を伺いたいもんやと、期待を募らせておいでですしてね。先だっても、この件で話し合いを持ったんですが、ご承知の通り、私らの組織《ところ》は（クスクス笑いをしながら）何分、民主主義的な決定をムネとしておりましてね。その、出てきた要望申しますんが、（ト袂《たもと》から手帳を取り出して頁を繰る）「英文学の夜明け」というようなお話を賜りたいと、そういうことで……

ロバート　（その演題に愕いて）ということは、チョーサーやその年代についての話をしろと？

黒田　いえ、出来ることなら、もう少し時代を遡《さかのぼ》って頂けますと……、ピュー教授。

ロバート　じゃあ、アーサー王伝説の中の、「サー・ガーウェインと緑の騎士」あたりのことを話せと仰るわけで……？　あの、お断りしておきますが、私は別に大学の教官なんかじゃないんで、「教授」はおやめください。ピューさんで結構です。

黒田　あの、誠に相済まんことですが、実を申しますと、サー・ガーウェインの物語より、もう少し前の作品なんかを採り上げて頂くわけには……？

ロバート　じゃ、『ベーオウルフ』ってことですか、スカンジナビアの例の英雄を描いた物語詩の？

黒田　仰る通りです、みなさんがお聞きしたい言うてますのは。何しろ、古代英語の読める者なんて、私らの中には、ほとんど誰もおりませんよって。

ロバート　それを伺って、こちらも安心しましたよ、私だってそんなもの、てんで分かりませんから。

黒田　ご冗談を、ピュー教授!……一応ここに演題を書いたものがあるんですが。（下手にしている手帳から、丁寧にその頁を破る）「英文学の夜明け」、もちろん、ご異存がなければ、ということですが、……なんとか、こんな内容でお世話になる訳には参りませんか、ピュー教授……

ロバート　え、ええ、異存というほどのことはありませんが……。何しろ、先週にしたところで、六百名の女子生徒を前にわが国のガール・スカウトについて、話をしましたしね。こちらは、ガール・スカウトはおろか、ボーイ・スカウトにだって、入って活動した経験はないのにです。

黒田　そんなら、私らの願いをお聞き届け下さる言うわけで。いや、これは有難いことです。会員の皆さんの喜ぶ顔が目に浮かぶようで。「英文学の夜明け」、……でしたら、今度の総会の記念講演は、こういうことで宜しくお頼み申します。（立ち上がって）……それで、その、ご講演料の件なんですが、……ご承知の通り、私らの会は何分、その、台所事情がきびしいもので、……その辺のところを、先生にご配慮頂けますと……

ロバート　ああ、講演料なんて、そんなもの結構ですよ。こういうことも、大切な任務《しごと》のうちですから。

黒田　ですが、まるっきりタダというわけにも。……寸志なりともお受け取り頂かんことには。

ロバート　いえ、いえ、そういうご心配は、ご無用ですから。どうぞお気遣いなく。

黒田　でも、何か感謝の気持ぐらいは。……それでないと、私らの気が……

ロバート　いえ、いえ、そのお志だけで結構です。振興会は、職員が外部から報酬を貰って活動することを禁じてますから。

黒田　ピュー先生、ご親切、痛み入ります。その寛いお心、先生は誠、イギリス紳士でいらっしゃる。

ロバート　いいえ、そういうことではありません。どうかもうそのことは……

黒田　（立ち上がって帰ろうとする）それではピュー教授、色々私らの事情をお汲み取り頂きまして、誠に有難う存じました。今度の木曜日には、会員一同しかと耳をそばだてまして、先生のお話になること、一言半句も忽《ゆるが》せには致しませんさかいに。

（黒田、お辞儀をし、縁側の方へ歩を進めようとする。が、ロバートは、この時衝動的に相手を押しとどめ

ようとする）

ロバート　そんなにお急ぎにならずとも宜しいじゃないですか。

黒田　（ロバートの言葉に当惑しながら振り返って）けど、用件も一応済みましたし、あんまり長居するのも……。他になにかご用でも？

ロバート　ええ、その、もし宜しかったら、ちょっとお喋りでもと。

黒田　お喋り、言いはりますと？

ロバート　ええ、今し方、先生としていたのは仕事の話でしょう。今度は、仕事以外のお話など出来たらと思いましてね。日本《こちら》の先生には、仕事以外のことで私と話をしようという人があんまりおられませんでね……。先生とは、大学でお目にかかることもしばしばで、以前から、一度ゆっくりお話でもと思っていたんですが、生憎《あいにく》そんな機会もなくって、こちらへ来てもう八カ月も経つというのに、私は先生のことを全くといっていいほど知りません。先生だって、こちらのことを、全然ご存知ないでしょう。そりゃあ私だって、先生が、日本じゃ古代ノルウェー語研究の第一人者であるってことぐらいは承知していますが、それ以外のことはなにも。

黒田　私が古代ノルウェー語研究の第一人者やなんてことはありませんよ。それはオックスフォードでトールキン先生[1]に就いて勉強なさった渡邉教授《さん》のことで。

ロバート　それでは、古代ノルウェー語にかけちゃ、今の渡邉さんを除くと、黒田先生の右に出る者はいないということで。さ、どうぞもう一度ソファーの方におかけなおし下さい。

黒田　ですが、本当のところ先生は、私がこうしてぐずぐずと長居しているのが迷惑なんとちがいますか。

ロバート　もちろん、そんなことは断じてありません。さあ、どうぞお坐りになって。

（不安な面持で黒田はソファーに腰を据えると、袂に入れたタバコを手探りしながら取り出す）

黒田　先生、このタバコ、お一つどうです？

ロバート　いえ、私は喫《す》わないもので。でも、ご遠慮なくどうぞ。そういえば、先生はタバコをおやりになるんでしたな。うっかりしていましたよ。お喫いになるのはステイト・エクスプレス、それを何時も中指と薬指におはさみになって……

黒田　なかなか細かいところまでご覧になっておられるんですね。私は結構なお金を、こうして有害な葉っぱに注ぎ込んでいるというわけで。英国タバコはもう悪習、私のはまってておるもう立派な悪習の一つなんですよ。……ところでピュー先生、先生は確かオックスフォードのご出身でしたね。オックスフォードの学位をお持ちで……

ロバート　ええ、まあ。

黒田　いや、羨ましいですね。それで、失礼ですが、カレッジは、どちらの？

ロバート　ベイリオルです。

黒田　ベイリオル！　そりゃあオックスフォードでも、一番古うて有名なカレッジやないですか。ますます羨ましなってきましたわ。ホンマのこと言いますとね、私も若い時分、オックスフォードで勉強したかったんですわ。死ぬまでにあそこへ行くいうのんが、目下の私の夢なんです。

ロバート　本当ですか。ねえ、黒田さん、僕はこれで少し先生のことが分かってきましたよ。先生は、この僕に自分の夢をお話し下さった初めての日本人です。実を言いますとね、僕は夢なんてもの、日本人は金輪際持ってやしないんじゃないかと思い始めていたんです。

黒田　ですが、ほんとにみんながみんな、夢なんか持っておるんでしょうかね。そら私も、どんな人間かて夢を見るいうのんは、科学的な真理や思うとりましたけど……。確かお国の詩人に、「オックスフォードは男にとって、己れの母校よりも恋しき名前」と歌った人がいたと思いますが、私の気持もその詩《うた》の通りです。もっとも、だから言うて、自分の出た大学に愛着がないいうことではないんですけどね。それどころか、東大には人一倍の母校愛を持ってます。

ロバート　東大のご出身だなんて素晴らしいじゃないですか。

（黒田はロバートの言葉に応じず、微笑して腕組みした自分の胸元を見ているだけ。中野とシンシアは草むしりを終え、暮れ始めた庭から縁側に上がり、座敷に入って来るが、二人の男はそのままでいる）

中野　（花を盛った花器を手にして、床の間に向かいながら）お花、ここへはちょっと置けんですよ。なにしろ、本がいっぱいですけん。

シンシア　どこかテーブルの上にでも置けばいいわ。……もっとも、ロバートの持物《もの》でふさがっていないのがあればの話だけど。

中野　ばってん、生けた花を置くのは、やっぱ、床の間がよかとですよ。

ロバート　じゃあ、そこの積んである本の上に置いたらどうだい。

中野　日本《こっち》じゃ、床の間は床の間、本の置き場所やなかとです。それに、花入れを本の上にのせるなんてこつ、出来る相談やありまっせん。

ロバート　黒田先生、このアタマの硬い、型にはまった青年は、中野クンと言いましてね、先生の学校の生徒です。

中野・黒田　（互いにお辞儀して）これはどうも、初めまして。

ロバート　この子は経済学部で、一応、マルクス主義者を名乗っておるんですよ。こっちは日頃、あまり時代遅れになるのはよくないって諭してはいるんですがね。

黒田　日本《こっち》では、お金がのうてマルクスかぶれ言うのが学生の定番ですわ。けどこの人たちも、そのうち学校を出て住友やら松下やらの大企業に入れば、自然お金も入るようになって、滞《とどこお》りのう宗旨変えも済むんとちがいますか。

中野　いや、僕は一生変わらんですよ。

シンシア　あなたの変わらないっていうのは、一生貧乏暮らしをするってこと？　それとも、一生マルクスを信奉するってこと？

中野　僕の政治に対する考えは、生涯変わらんですよ。お金に縁のない暮らしだって、死ぬまで続くとです。（自分の手を見て）奥さん、手ば洗ってきてもよかですか。土が付きよりましたけん。

シンシア　ええ、いいわよ。直ぐに洗ってらっしゃい。

（中野、「それでは、ちょっと失礼をば」ト口ごもりながら、座敷を出て行く）

ロバート　私ね、あの子に、ここへ来て一緒に住むよう言ったんだけど。

シンシア　何だって？　でも君、先月僕がそう言ったとき、それはダメって反対したじゃないか。

ロバート　でもあの時とは、事情が違ってきてるわ。そうでしょう。

シンシア　で、あの子は、その申し出に何と？

シンシア　そうね、こっちへ移って私たちと一緒に暮らすことには、ちょっと不安があるようね。

ロバート　不安て、どんな?

シンシア　あの子、自分がこっちの期待に添うことが出来るかどうか、そこのところがかなり気にかかるらしいのよ。

ロバート　彼《あれ》は我家《うち》のこと、それほど型苦しく思っているのかね?

シンシア　日本人特有の責任感てあるでしょう。

黒田　あのね、あの君《くん》にすれば、ここの家に移り住むいうことは、先生たちの内弟子になるいうことなんですよ。

ロバート　僕たちの何になるんですって?

黒田　日本《こっち》でいう内弟子いうんは、要するに、師匠や親方の家《うち》に住み込んで、その人たちの身のまわりの世話をするかたわら、芸や技《わざ》を徹底的に仕込んで貰う人間のことなんです。昔はね、この国の若い人は、なんぼ良家の子弟でも、何かの技術をもって世に出ようゆうほどの人なら、芸人の世界やろうが学者の世界やろうが医者の世界やろうが、まずはその道の大家の所へ内弟子として入って修行をつむゆうのんが慣習《ならわし》やったんです。この国古来の学芸の奥義《おうぎ》とか秘伝いうものは、こういう制度の中で、代々、人から人へと守り育てられてきたもんなんです。

シンシア　わたしたちに、あの子に伝え授けるような奥義や秘伝なんて、あったかしら……、ねえ、ロバート？

黒田　（真顔で）ご夫婦があの君に教えることゆうたら、伝統的なイギリスの生活様式に決まってるやありませんか。

ロバート　それじゃあ弟子入りした方が哀れってもんですよ。

黒田　何を仰るんです。私が今申し上げた意味じゃ、あの君は、それは果報者や思いますよ。私にしたって、若い頃にそんな機会が転がり込んできていたら、どれだけよかったやろ思いますわ。（冗談口をたたいて）もっとも今からかて、先生の家《とこ》へ弟子入りすんの、遅いとは思いまへんけどな。

ロバート　そりゃまたなんたる光栄！

黒田　そうや、弟子の話なら、私の大伯父なんか、まさにラフカディオ・ハーンの一番弟子みたいなもんでしたわ。ピュー先生、先生はハーンについちゃ、大分詳しくお調べなんでしょう？

ロバート　いいえ、大したことはありません。彼についちゃ、以前ちょっとした文章を書いただけで。

黒田　私の大伯父は、肺結核を患っておりましてね、確か三十二の歳や思いますけど、大層若こうで亡くなっているんです。そやけどこの大伯父が、ハーンと過ごした時のことを全部日記[2]に書いていましてね。

シンシア　中野クン、わたしたちのこと、そんな風に書いたりしなきゃいいけれど。

黒田　その数冊にのぼる大伯父の日記を見つけたんは、もう随分前のことなんですけど、取り敢えず、重要や思える箇所《とこ》だけを英語に直してみたんですわ。まあ、そのうち、大伯父の遺したその日記をもとに、その、ちょっとした本でも書くか、それが無理なら、せめて、一本の論文ぐらいにはしたろ思いましてね。ですけど、この私の怠惰でふしだらな生活がわざわいして、そういう他の沢山の目標と同《おんな》じように、結局計画倒れに終わってしもたんです。ですけど、もし先生にご興味がおありいうことなら、訳文はどこかに捨てんとしまってる思いますよって、探し出してお見せできる思いますけど。

ロバート　そりゃあぜひ拝見したいですね。

黒田　大伯父の遺したものに、そない大きな文学的価値はない思いますけど、それでもその日記には、何と言うたらええのんか、その、一種哀感のようなものが漂っていましてねえ。大伯父はハーンのことが大好きやったようなんですが、ハーンの方は、その愛に蔑《さげす》みと無視でもって報いたようで……。報いられない愛なんて、そんなん、あまりに悲しすぎますわ。そうは思いはりませんか、ピュー先生？……あのう、先生、ちょっと押しつけがましいことを申すようですが、大伯父の遺したその日記を見がてら、一度拙宅の方にお越し下さいませんやろか。

ロバート　ええ、ええ、そりゃあ参りますとも。喜んで伺いますよ。で、先生はどちらにお住まいで？

黒田　ほんの目と鼻の先ですよ、このお宅からやったら。

シンシア　えっ、そんなに近所なんですの？

黒田　四軒先です。ご存知なかったですか？　大学でお目にかかるようになる前から、先生がよくあの大きな犬を散歩させておいでるのを、拝見していたようなわけで……

ロバート　ああ、あの不憫なベンのことですね。

黒田　私は、犬だけは、イギリスのお方のように好きになれんもんでしてね。……ですが、その、ベンさんはどうされました？　最近はとんとお見かけしませんけど……

ロバート　死んだんですよ。

シンシア　毒の入ったものを食べさせられて。

黒田　毒入りのものを……。そうでしたか。

シンシア　燐《りん》の混ざった毒物ですわ、ネズミ退治やなんかによく使われる。わたしの入院中、ロバートがイギリス文化館で月一回定期的に行っている講演のため夜家を空けたとき、泥棒に入られましてね。一味はその前の夜、毒の入った肉の切れを、垣根越しに庭の中に投げ込んでベンに食べさせ、しっかり番犬対策をしてたようで。燐の入った毒物でやられると、ちょっとやそっとで死ねませんからね。ベンも、息を引き取るまで、それは苦しんで……（ト悲しみを隠すため、顔をそむける）

黒田　そうでしたか。この日本いうところは、そない野蛮な国でしたか。先生たちが、私ら日本人のことを、どない思ってはるや分かりませんけど、今のようなお話を伺うと、恥ずかしゅうて、何と申し上げてよいやら……、もう合わせる顔もありませんわ。他人《ひと》の家《うち》に、それも外国人の家に、そんなやり方で押し入るやなんて……

ロバート　いえ、どうぞお気になさらないで下さい。外国人を狙う泥棒は、イギリスにもいますから。

シンシア　でも番犬を真っ先に毒殺するなんていう卑劣な手口は、聞いたことがないですよ。

黒田　しかし、いずれにせよ、これはとんだことをお訊きしまして……。ご無礼の段、何とぞお許し下さい。よりにもよって、亡くされた愛犬のことを話題にのせるやなんて……。それぐらいのことは、予《あらかじ》めこちらで気を付けておくべきでした。ただ私は、近所で起こっている日常茶飯のことには、とんと疎《うと》いもので……。（腕時計を見て）これは思わん長居をしてしまいました。本日は、これにて失礼をば。

ロバート　まだよろしいじゃありませんか。時間のことなら、ご心配には及びません。

黒田　いえいえ、ほんとにご迷惑になるといけませんよって。

ロバート　じゃあ近いうち是非またお越し下さい。楽しみにお待ちしていますから。

黒田　おおきに。是非そうさせてもらいますよって。……それから、先生の方も、いっぺん私んとこへ遊びに来て下さい。ほら、あそこの角の所に、大きな邸宅《やしき》が見えますやろ。……そうそう、あの八百屋さんの向かい側です。今は兄が継いでますけど、あれが私の実家なんです。造り酒屋いうんで、代々お酒造らせてもろてますけど、兄も私ら大学の教員なんかと比べたら、それはぎょうさん実入りがあるもので、母屋《おもや》の裏に、私の暮らす小さな庵《いおり》を建ててくれたんです。そういうわけですから、どうぞ、いっぺんいらして下さい。先生が **pop in** してくれはることを楽しみに待ってます。……ところで、**pop in** と **drop in**、どっちが正しい言い方でしたやろ？

ロバート　ああ、そんなもの、どっちだって構やしませんよ。

黒田　なるほどねえ。……あのう、それで、ついでに申し上げておきますけど、私は一人暮らしです。（微笑しながら）ですから、お越し頂いても、何の気兼ねも要りません。嫁をもらったことがないんです。西洋《あちら》じゃ独身主義者なんて、ちっとも珍しいことありませんけど、日本《こっち》じゃ適齢期を過ぎても独身《ひとり》でいると、やれ遺伝的な病気にかかっているだの、異常な性格をしているだのと、色々陰口をたたかれます。兄も、私がいっかな嫁をもらおうとせんもんですから、一頃は、それはやきもきしておりましたわ。けど幸いなことに、婚期をとうの昔に過ぎた今は、あんまりむずかしいことは言わんようになりました。

（黒田、縁側に出ようとする。外は今や暗くなっている。ロバートが縁側のスイッチを入れると、そこの天井から吊されている裸電球がともり、その弱々しい光の輪が、三段になっている石段と、その先の小径の一部をぼんやりと浮かび上がらせる。黒田が下駄を履く間、ロバートとシンシアはその傍に佇んでいる）

先ほどお話しした大伯父の日記のことはともかく、お越し下されば、蔵書の中に、先生の興味を惹くものがないとも限りませんよって。……それでは奥さん、色々とおもてなし、有難うございました。

シンシア　どうぞ、またお越し下さいませね。（皮肉で）わたしがこの家にいるからって、どうぞお気兼ねなどなさいませんように。ご遠慮は、無用に願いますわ。

黒田　ご親切、痛み入ります。

ロバート　それじゃ、門口《おもて》までお送りしましょう。

黒田　それでは奥さん、これにてお暇《いとま》申します。

シンシア　ご機嫌よう、黒田先生。

（シンシア、座敷に戻ると、散らかっている本や書類を片付け始める。ロバートと黒田は、下り坂になっている小径を歩いて行くが、黒田がつまずく）

ロバート　どうぞお足許にお気を付けになって。

黒田　キーツの「小夜啼鳥《ナイチンゲール》に寄せる歌」やありませんけど、「足許に、どんな花が咲いているのやら」ですね。

ロバート　花なんぞ、咲いてやいませんよ。生えているのは雑草だけです。

黒田　ああ、それではホプキンスの、「インバースネイド」の中の文句やありませんけど、「雑草やありのままの自然こそ、いつまでも生き続けているように」ですね。どうかピュー先生、ここをありきたりの日本庭園なんぞにしないで下さい。くねった盆栽みたいな木だの、折れ曲がった小径だの、澱んだ池だのなんて結構ですよ。あんな指ぬきほどの水たまりなんか、蚊を繁殖させるだけなんですから。第一次大戦に出征して二十八の若さで死んだ、あのルパート・ブルックの「兵士」[3]の中の一節やないですけど、どうぞこの「異郷のかたすみ」を「永遠《とわ》のイギリス」にしておいて下さいな。

ロバート　ですが、もしさっきの中野クンがわが家に弟子入りすることになったら、あの子は別な考えを抱くかも知れませんよ。ここを、もっと永遠の日本にしてしまおうなんてね。

（ロバートと黒田、門に達する。ロバート、門の外に、パメラ・モンクスがここまで乗ってきた自転車を竹矢来にもたせかけて、門の外にいるのに気付き、「おや、パムじゃないか！」と驚きの声をあげる）

パム　シンシアさん、どうしているかと思って、ちょっとお邪魔したの。今日はキリスト教の女子青年会であたしが話をする番だったんだけど、お祭りかなんかで、最後の授業はなしってことになったもんだから。

ロバート　パム、こちら京都大学の黒田先生。……黒田先生、こちら、宣教師のモンクスさんです。

パム　（手を差し出し、黒田が自分の手をおずおずと差し出すと、それを取って熱烈に握手する）初めまして、黒田先生。

黒田　私ね、この方、以前お見かけしたことありますよ。確か、銭湯からお戻りになるところやった思いますわ。西洋《あちら》のご婦人に、浴衣がけで銭湯がよいをしてはる人がいるやなんて、思ってもみなかったものですから。それは吃驚《びっくり》してしまって、よう覚えておるんです。

パム　あたし、人を愕かせるのが好きなもので！……いえ、それは冗談ですけど、ほんとのところ、あたしが今住んでる家《うち》には、お風呂がないんですよ。……でも、仮に内風呂なんかがあったって、風呂はやっぱり銭湯に限りますわ。

黒田　他人《ひと》と一緒にお湯につかるやなんて、その、恥ずかしいなんて気は、おこりませんか？

パム　（笑いながら）そんなこと、どうして恥ずかしがらなきゃいけませんの？

黒田　いえね、私、イギリスのご婦人は、もっと恥ずかしがり屋や思うとりましたさかい。……それでは、これでお暇《いとま》を。失礼します、ピュー先生。さようなら、ええっと、お名前は何と仰いました、お嬢さん？

パム　モンクスです。

黒田　ああ、そうでした、そうでした。さようなら、モンクスさん。……では先生、今日はお目にかかれてホントに良かったです。楽しいお話をさしてもろて。

（黒田、去る。ロバート、門を閉める）

パム　感じのいい人ね。

ロバート　丁度いい時に来たものさ。もし大学で非常勤でもしたいんだったら、あの先生に話せば力になってくれるよ。学校じゃ、影響力のある人らしいからね。

パム　それで、シンシアさんの具合はいかが？

ロバート　あまりよくないね。直ぐにふさぎ込んでしまって。
パム　可哀想に……
ロバート　子供と同じ時期に犬まで亡くしちまったのは、不運としか言いようがないよ。
あれは、僕の犬っていうより彼女の犬でね。そりゃあ、可愛がっていたもの。
パム　新しい犬を飼えばいいのに。
ロバート　僕もそう言ってみたんだけどね、耳を貸さないんだよ。
（二人、縁側へと石段を上る）
パム　あたしね、実は今、伝導団との契約、更新したものかどうか、迷ってるの。
ロバート　えっ、ホント？　でも君、この前会ったとき、このまま日本《こっち》に骨をうずめるつもりだって言わなかった？
パム　あたし、そんなこと言ったかしら？……とにかくあたしね、近頃、なんだかこっちにいるのがつまんなくなって来ちゃって。そしたら、丁度、いま香港にいる友達がね、彼の勤務校で仕事を世話してもいいって言ってきたのよ。（笑って）でも困ったことに、あたし、その人のことが今でもホントに好きなのかどうか、自信が持てなくて。
（ロバートとパム、座敷に入る。床の間で、そこに積んである本を整頓していたシンシアが、二人の方に顔を向ける。シンシアの態度から、観客には、彼女がパムを好いていないことが明らかになる。しかし、パ

ム自身はそれに気付かないでいる）

シンシア　あら、パム、今晩は。こんな遅くに、一体何のご用？

パム　たまたま、自転車で傍を通りかかったものだから、シンシアさん、その後どうしてらっしゃるかなと思って、ちょっとお邪魔したの。

シンシア　あらそう。それはどうもご親切に。でも大丈夫、へこたれなんかしないから。……ああ、それって、強がりを言う病人なんかがよく吐くセリフよね。それはそうと、あなた今、そこで京大の先生に出会ったでしょう。

パム　ええ、丁度門《かど》のところでばったり。

シンシア　（ロバートに）ねえ、ちょっと言わせて頂くけど、あの人、少々失礼なんじゃなくって？　わたしのことは無視して、あなただけ、遊びに来いだなんて、当てつけもいいところだわ。

ロバート　別にそんなことはないよ。

シンシア　そうよ、そうに決まってるわ。ホントに失礼なんだから。

ロバート　よさないか、人を悪く言うのは。君も知ってのとおり、日本《こっち》じゃね、奥さん同志の付き合いならいざ知らず、一家の主人《あるじ》が他家《よそ》の嫁さんを自宅《うち》に招くなんてことはしないのさ。

パム　そういう意味でなら、独身《ひとりもの》の女なんて、誰も声なんかかけてくれやしないわ。（テーブルの上のチョコレートに目をやって）あの、このチョコレート、頂いてもいいかしら？

ロバート　どうぞ、ご遠慮なく。

パム　あたし、もうお腹《なか》、ペコペコで。例の女子青年会の授業、午後の六時から九時まで休憩時間なしで組まれてて、もう大変だったらありゃしない。……ああ、お蔭で助かっちゃった。（ト最初に口に入れたものをむしゃむしゃ食べながら、またぞろテーブルの上のチョコレートに手を出す。部屋を整頓しようとしてまだ辺りを動きまわっているシンシアは、畳に落ちているチョコレートのかけらを拾い上げ、そのかけらの辺りに置きっぱなしになっている書類を注意深く畳んで、机の奥の方にしまい込む）

ロバート　（その様子を見て）君、また気分でも悪いんじゃないのかい？

シンシア　直に良くなるわ。

パム　あたしが初めてお見舞いに伺ったときなんか、シンシアさんの顔、まるっきり幽霊みたいで……

シンシア　自分でも、足がくっついてないんじゃないかと思えたぐらいよ。

パム　あのね、こんなこと言ったら叱られるかも知れないけれど、シンシアさん、今度のような目にあって、あの時、イギリスのちゃんとした病院で診《み》てもらっていたらって、思わない？

シンシア　あら、日赤の病院てしっかりしてるわ、文句の言いようがないくらい。

パム　あたしの言おうとしていること、分かるでしょう。リース因子の陰性なんて血液型、日本《こっち》じゃあんまり知られてないって気がするのよ。違う？　あたしね、ついこの間、京大のワンゲル部の人たちのダンスパーティに出ていて、同《おん》じ血液《な》型だっていう若い産婦人科の先生に会ったのよ。それであたし、その人にシンシアさんのこと全部話したんだけど、彼の言うのにはね……

シンシア　わたしね、そんな場所《ところ》でこっちの病気のこと、いちいち話して欲しくはなかったわ。

パム　あら、名前なんか出しちゃいないわよ。そんなこと、するもんですか！（自分の体を抱くようにして）あっ、お腹《なか》が鳴っている！　聞こえる？

ロバート　チョコレートなんかじゃダメだ。君、もっと腹持ちのいいものを食べた方がいいよ。（下隣の間に通じる襖を少し開けて、声をあげる）おおい、中野クン！

シンシア　でも、何があるか分かりませんよ。何しろこのロバートったら、こっちが入院中に、何も新しいものを買い足さないで、家にあるものを全部食べ尽くしちゃったんですからね。

（中野、彼には大きすぎるシンシアのエプロンをし、手に布巾を持って登場）

シンシア　まあ、あなた、その恰好はどうしたの？

中野　食器の後片付けば、しちょったとですよ。

シンシア　あら、そんなこと、しなくたっていいったら。お皿洗いぐらい、明日の朝、武村さんにやらせればいいのよ。人に優しくすることはいいことだけど、あの家政婦を甘やかしちゃダメよ。それでなくたって、なかなか仕事をしない女《ひと》なんだから。……ちょっとパム、こちら中野クン。（中野に向かって）こちらモンクスさん。

（中野、神妙にエプロンをはずし、彼女の傍へ寄って握手する）

パム　初めまして、どうぞよろしく。

ロバート　この人、お腹を空かせているんだよ。何か食うもん作れるかい？

シンシア　わたしがやるからいいわ。

ロバート　いや、ここはこの子に任せよう。いずれ遠からんうちにこの家に移り住むってことになれば、こういう仕事《こと》もちょくちょくやってもらうことになるだろうからね。

中野　（パムに）お飲物は、コーヒーか紅茶か、どちらがよろしいでしょう？

パム　あら、そうね、じゃお紅茶いただこうかしら。……それとトーストに、バターかジャムか蜂蜜か、何かそういうものもお願いするわね。

中野　よかったら、とかしチーズかけたトーストなんて、いかがです？　ここの奥さんに、一度ご馳走になったことがあるんですけど。
シンシア　モンクスさん、こんな遅い時間に、そんなもの食べやしないわよ。
パム　いいえ、あたし、何でも頂いちゃいますから。
シンシア　（中野にきっぱりと）トーストとジャムだけお出しして。それでいいから。
中野　（再びエプロンを着けながら）このエプロン、僕にゃちょっと大きすぎるとです。
シンシア　明日高島屋に行くから、あなたに合うの買ってあげるわ。一緒に従《つ》いてらっしゃい。
中野　ホントですか？　奥さんには何時も優しゅうしてもろうて、有難いことです。感謝しちょります。ばってん、ひとつお願いがあるとです。それ、言わしてもろうてもよかですか？……あのう、明日高島屋でエプロンば買《こ》うてもらうときには、ぜひ男物《おとこもん》ばお願いします。こげな花柄のやつは、男がするにはちょっと恥ずかしかですよ。（ト座敷を出て行く）
パム　変わった人ね、お会いするのは、今夜が初めてだと思うけど。
ロバート　いや、そんなことはないはずだよ。ここにはしょっちゅう出入りしているもの。
パム　いいえ、初めてだわ。ああいう人、一度会ったら忘れっこないもの。あんな学生さんとどうして知り合いに？

シンシア　ある日曜日の朝、突然玄関の呼び鈴が鳴ってね。こんなに早く誰かと思って、取り敢えず寝間着の上にガウンを羽織って出てみると、あの子が立っていたのよ、聖書講義に出たいって。

ロバート　その時は、君のこと、直ぐには思いつかなくてね。

シンシア　我家《うち》は聖書講義なんかやっていないって言ったんだけど、とにかく授業に出たいの一点張りで、帰ろうとしないの。それでこちらも困っちゃって、大声でロバートを呼んだんだけど、またこの人がお風呂場から裸のまま、ロクに体も拭かずノコノコ出てくるでしょう。

ロバート　それで僕たちあの子に、英国文化振興会《うち》はイギリス文化の海外紹介をする機関《ところ》で、伝導団じゃないからそういう活動《こと》はしていない、諦めるようにって懸命に諭したのさ。でも粘りにかけちゃ相手も然《さ》るもの、「僕は英語の練習ばしたかです」と胸の内を明かすと、テコでも動こうとしないのさ。

シンシア　その日からずっとあの子、我家《うち》に来ては英会話の練習に励んでるってわけ。

ロバート　でも、あれであいつはなかなか見所がある奴でね、こちらもあの子からは、随分と勉強させて貰っているんだ。

パム　それで、あの人信徒なの、キリスト教の？

ロバート　いや、全然違うよ。……一昔前は「おにぎりクリスチャン」といって、食べ物ほしさに教会に集まってくる人たちが大勢いたもんだけど、「焼け跡・闇市」も語り草になった今じゃ、さすがにそんな人間もいなくなった。でも最近は、食べ物には不足がなくっても、英語を母国語とする英語教師には相当不自由してるから、「英語クリスチャン」なるものが出現しているってわけさ。でもこんな話、君には不要だったね。

シンシア　ねえパム、わたし、あなたに前から一度お訊きしたいと思ってたんだけど、……プライベートなことを穿鑿《せんさく》するようで悪いけど、……あなた、どうしてまたあの伝導団に？

パム　（防御的に）実家の教区が今の伝導団で……、あたし、小さい頃からよくお祈りにも行ったし、教会で色々お手伝いなんかもしてたから……

シンシア　要するに、日本《こっち》に来るには、馴染みのある伝導団に入って宣教師になるのが一番手っ取り早かった、ってこと？　あなた以前、何が何でも日本に来てみたかったと言ってたでしょう？

パム　そう、日本て、一度は訪ねてみたい夢の国だったの。ケンブリッジ時代、日本人の彼氏が出来ちゃって、その人、とってもお金持ちの実業家の御曹司だったんだけど、それが……
（中野、お茶とトーストをのせた盆を持って登場）
パム　まあ、素敵！　とっても美味しそうね！
（中野とパム、笑みを交わす。シンシア、青年が運んできたものを吟味する）
シンシア　まあ、これ、クーパーのマーマレイドじゃないの。朝ご飯にだけ頂くものでしょう。（パムに）ちょっと待ってね、いま蜂蜜をお持ちするから。
パム　クーパーのマーマレイドって、あたし大好き。それ頂くから、あれこれ気を遣わないで頂戴。
（しかしシンシアは、そのマーマレイドの入ったビンを手に台所に急ぐ）
パム　あたし、こっちのお店で、あのマーマレイド、ちっとも見づけられなくって。
ロバート　イギリス人の間じゃ一番人気のジャムだけど、確かに京都で手に入れるのは至難の業《わざ》だね。
（中野、紅茶を注ぎ、ミルクと砂糖と一緒にパムの方へ差し出す）
パム　あなた、そっちのパンにバター、塗って下さらない？
（中野、パムの要求に応じるため、直ぐにバターナイフを取り上げる）
パム　ウフフ、冗談よ。日本の男にしては、珍しいほど女に優しいわね。

ロバート　女房から、女性に対するマナーってものを、トコトン教え込まれているからね。そうだろ、中野クン？　さっきの黒田さんは、こっちのことを、完璧なイギリス紳士だなんて持ち上げてくれたけど、そういう意味じゃ、僕なんかより、この子の方がよっぽどイギリス紳士だよ。

（シンシア、蜂蜜を持ってきて、それを盆の上に置く）

シンシア　この蜂蜜、あんまり残ってないみたいね。

パム　（既にガツガツパンを貪りながら）もうパンだけで頂いちゃっているから。（突然心が和《なご》んだように、シンシアに向かって）シンシアさんには、何時もホントによくして頂いて。もっとも、あなたは誰にでも優しい人だけど……。（中野に向かって）ねえ、あなたにだって、この奥さん、優しいでしょう？

中野　はい、そりゃもう奥さんは、優しか人ですよ。……あのう、話は違いますが、あなたさんは、伝導団で働いておられるとですか？

パム　ええ、そうよ。イギリス国教会のミッションスクールで教えているの。それとYWCA、つまりキリスト教女子青年会でね。それがどうかして？

中野　僕の友達に、女の子ですけど、あなたに習っちょるっちゅう人がおるとですよ。じゃけん、お噂は、以前《まえ》からよくお聞きしてました。

パム　それで、その方のお名前は？

中野　伊東、いいよりますが……

パム　覚えがないわね。

中野　その女性《ひと》、琴ば弾くとですが。

パム　お琴を弾くと言われても、それだけじゃ、ちょっとね。日本《こっち》じゃ、良家のお嬢様なら、誰だってそれぐらいの嗜《たしな》みはあるでしょう。それで、あなたはその人と婚約でも？

中野　（真面目に当惑して）いえ、いえ、とんでもなかです。ただの同級生いうだけで……

パム　ということは、あなた、その女《ひと》の手も握ったことないんでしょう。違う？（自分で更にお茶をいくらかカップに注ぐ。中野は依然黙ったまま）日本《こっち》の男の人って、ホントに野暮な人ばかり。真面目だけが取り柄で、ちっとも融通きかないんだから。

ロバート　それはむしろ、誉めるべき事柄なんじゃないのかい。僕はそう思うな。イギリスじゃ最近、タガの緩んでいる奴ばかり多くって、……連中が真顔になるのはセックスの話の時だけだ。その他のことについちゃ、何だって皮肉屋になるか、ふざけ眼《まなこ》で視《み》るだけさ。生きてく上で大切な事柄への生真面目《きまじめ》な取り組みを避けて、傍観者面《づら》して冷笑しているか、苦笑いしているかのどちらかなんだから。

パム　それって、ちょっと誇張していない？

ロバート　ああ、仰る意味はよく分かっているつもりだがね。

パム　（指を嘗《な》めながら）さてと、お腹《なか》が良くなったお蔭で心と体が一つになって、ようやく落ち着きが取り戻せたわ。そろそろお暇するわね。何週間分も洗濯物がたまっていて、そりゃあ大変なのよ。

シンシア　そんなの、洗濯屋さんに頼めばいいじゃない。代金なんかしれたものだし、仕上がりだってきれいだわ。

パム　あら、あたしにとっちゃ、洗濯代だってバカにはならないのよ。伝導団のお給料なんて、シンシアさんとこと比べたら、スズメの涙ほどなんだから。（立ち上がって）とにかく、あなたの回復が順調そうで安心したわ。それじゃ、週末にまた顔を見に来ますから。

シンシア　まあ、あなただってそりゃあ忙しい身体なんだから、こちらのことでそんなに気を遣って頂くには及ばないわ。わたし、ちゃんと知ってるのよ、あなたがどれほど多くのお仕事、かかえているかってこと。

パム　そんな心配ご無用よ。

中野　それじゃ奥さん、そのお皿やなんか、片付けんでもええのゃったら、僕もそろそろお暇《いとま》します。

シンシア　後片づけなら必要ないわ、心配しないで。それで、お引っ越しの件だけど、あなた、何時こっちへ移って来られる？　明日はどう？

中野　まあ、その気になれば……

シンシア　そんなあいまいな返事じゃダメよ。お引っ越しの出来る、ちゃんとした日にちと時間を仰い！

中野　じゃ、明後日《あさって》でもよかですか？　明日は、ちょっとせんならんことがありますから。

（二人、縁側に向かう）

シンシア　分かったわ。じゃ、そういうことにしましょう。じゃあね、パム。気を付けて帰って頂戴。

パム　有難う、シンシアさん。さようなら。

中野　（シンシアとロバートに）じゃあ、今夜はこれで、失礼します。

（中野とパム、揃って庭の小径を門の方へと進む。二人は何やら話し合っているが、その内容は観客には分からない。シンシアは、盆の上に皿などをのせ、座敷を片付け始める）

シンシア　あの女《ひと》、これからちょくちょく我家《ここ》に訪ねて来るようなことがなければいいけど。厚かましいったらありゃしない。

ロバート　君の身体のことが気にかかったのさ。

シンシア　お腹《なか》空かせて、他人《よそ》の家に見舞いに来るわけ?
ロバート　可哀想な娘《こ》なんだよ。何時もお金に不自由しているみたいでね。
シンシア　あの女《ひと》にお金がないのは、始終あっちこっち出かけているからだわ。
(ロバート、またぞろ自分の本を取り上げる。中野とパムは、竹矢来にもたせかけてある自転車の前に蹲《うずくま》っている。シンシアはお盆を持ったまま、庭に面した障子の傍に佇んでいる)
シンシア　わたし、こっちの大切なマーマレイド、あの女《ひと》に全部平らげて欲しくなかったの。旨く取り上げたと思っているんだけど、あなた、どう思って?
(シンシア、その場を去る)
パム　どう、分かった?
中野　ほら、ここにクギが刺さっとるとですよ。
パム　まあ、困ったわね、どうしましょう。これじゃ町んなか、走れやしないわ。
中野　僕が直してあげますよ。
パム　今?
中野　いいや。明日の方が都合よかです。ここじゃ、よけい手間がかかりますけん。道具はみんな、下宿にあるとですよ。
パム　でもさっき、シンシアさんに、明日は忙しいって言ってたじゃない。

中野　心配はいらんです。修理の時間ぐらい、なんとかなりますけん。
パム　でも、直したこの自転車、どうやってあたしのところに？
中野　お住居《すまい》ば教えてもろうたら、家《うち》まで乗って行きますよ。
パム　あたしの住んでる場所《ところ》へなんか、あんまり来たくないんじゃない？
中野　どうしてですか？
パム　あたしね、例の駅裏の、汚くてみすぼらしいところにいるの。
中野　（吃驚《びっくり》して）な、なして、そげな場所《ばしょ》に？
パム　だって、下宿代が安くて済むもの。それに、面白いし。みんないい人ばかりよ。
中野　あそこは、あなたみたいな女性《ひと》が住むとこじゃなかとですよ。ばってん、この自転車届けに行くんは構いまっせん。男はまた、事情が違うとですから。
パム　やっぱりこの自転車、明日《あした》ここに取りに来るわ。そのほうが、自宅《うち》に来て貰うよりいいと思う。そうして下さる？
（中野、頷く）
パム　あなた、何時頃、ここにいらっしゃる？　お目にかかって、お礼も言いたいし……
中野　何時も五時半頃には学校から戻ります。柔道の稽古がある日は、それから道場に出かけるんですが、休みの夜はどこへも行きまっせん。……今夜は稽古やったけど、欠席しました。

（中野、自転車を門の内側に入れようとする）

パム　（門扉を開けながら）あなた、どちらにお住まい？

中野　あなたと一緒の方角ですよ。よかったら、そこまでご一緒しませんか？

パム　いいわよ、もちろん。……それであなた、結局、ここの夫婦と一緒にお住まいになるのね。

中野　仰る通りです。僕は自分のこつ、果報者《かほうもん》や思っちょります。

（再びうどん屋の近くを通る音。呼び子の神経にさわりそうな音が繰り返される。二人、門の傍で互いの顔を見つめ合いながら、黙ってその音に聞き耳を立てている。パムの方が、先に反応を示す）

パム　ねえ、あのおうどん食べましょうよ。ほら、あそこに屋台が見えるわ。あたし、まだ、お腹空いてるの。さあ、急いで、あのうどん屋さんに声かけて！　グズグズしてるとまた遠くへ行っちゃうわ。

（二人、駆け出す）

シンシア　またあのうどん屋さんだわ。一晩中この辺りをうろちょろするの、もういい加減止しにして貰いたいものね。あんな風にされると笛の音が気になって、わたし、一睡も出来やしないわ。

ロバート　睡眠薬でも使ったらどうなんだい。
シンシア　ご存知だと思うけど、あれを飲むと、次の日ひどく気分が落ち込むのよ。（その場に腰を据えて、物思いに耽るように）今夜のわたしって、ホントに嫌な女よね。そうはお思いにならない？
ロバート　嫌な女だなんて、勿論そんなことはないさ。
シンシア　横柄で、執念深くって、卑しくって。……子供のいない女って、ある年齢になると、みんなこんな風になるんじゃないの？　違う？　ねえ、ロバート、こっちが話をしている時ぐらい、その本、置いとけないの？（ロバート、妻の言葉に従う）そう、それでいいわ。
ロバート　そんな心配することないって。時期が来ればそのうち……
シンシア　時期が来れば、そのうちどうなるっていうの？
ロバート　君の抑鬱症も自然良くなるってことさ。分かり切った話じゃないか。まあそんな風に深刻ぶるなって。
シンシア　（苦々し気に）ちょっとあなた、深刻ぶるなって、どういうこと？　そっちに心配事がないからって、どうしてわたしまで悩みがなくなるなんて言えるのよ。（立ち上がって）もういいわ、わたし、先に寝《やす》ませてもらうから。眠りには、喜びもあれば怖さもある。だって一旦眠り込んでしまえば、もう一度目が開くか、それとも永久に閉じたままになるか、当人にだって気にかける余地がなくなっちゃうもの。

ロバート　バカなこと、言うもんじゃないよ。

シンシア　いいえ、冗談で言ってるんじゃないわ。この身のまわりの全てのことが、とてもバカバカしくって、平坦で、新鮮味がなくって、無意味だって気がするのよ。以前なら、何も特別なことじゃなくっても、美味しい食事を頂くとか、お庭を散歩するとか、誰かが表の通りで立てる下駄の音に耳を傾けるとか、そういう何でもないことがとっても楽しかったのに、今じゃそうしたことの全てが、無味乾燥に思えてきて……。ストレスの種になりそうなことはなるべく避けて、睡眠時間にも気を配り、栄養価の高いものを食べるように心がけてはいても、何かそういう生活自体、サナトリウムにでもいるような気分になってくるの。

ロバート　そうだったのか。

（ロバート、シンシアの傍により、両腕で彼女を抱きしめる）

シンシア　わたし、今度の赤ちゃん、ホントに欲しかったのよ！

ロバート　そんなこと言ったって、……子供なら、僕だって欲しかったよ。でもまあ結局のところ、「ディス・アリテル・ウィスム、神々には別の見方があった」だよ。

シンシア　何ですって？　こんな時に、学者ぶってラテン語の引用なんかしてどうするのよ。もういい加減にして頂戴！（トロバートから身体を離す）……あの時手を拱《こま》ぬいてなんかいないで、わたしたちがもっと早く処置していたら……

ロバート　グズグズしてたのは君だろう？

シンシア　そうよ、みんなわたしが悪いのよ。もしもう少し勇気を出して、お医者様に言われたとき直ぐに……

ロバート　済んだことを、今さら悔やんでみたって仕方ないさ。もう自分を責めるのはおよし。これも言ってみりゃ、お天道様の思し召しみたいなもんさ。

シンシア　（鸚鵡返しに）お天道様の思し召し、ですって？　こんな辺鄙な国《とこ》に遣られるハメになったのも、日本《こっち》での子供の死産は母体の異常を思えばやむをえない、だからクヨクヨするなと慰められるのも、そもそもこちらに症状が出たとき東京に行ったのも、それからベンがあんな毒入りの肉を食べさせられたのも、みんなお天道様の思し召しだって仰りたいの？

ロバート　いや、あの肉だけは不覚だった。思いもよらないことで。

シンシア　不覚もいいところだわ。ベンの世話、あんなに何度も頼んでおいたのに、あなたったら、それをあのなまくら女や中野クンに任せっきりで……。病院からここに戻ったとき、もしベンがいてくれたら、わたしもこんなに落ち込むことはなかったわ。違う?

ロバート　僕はいたよ、ずっと君の傍に。今だってそうだ。でも君は、ほとんどそれに気付こうとしない。

シンシア　(部屋の中を行きつ戻りつしながら)わたし、何かが起こって欲しいのよ。いえ、何かが起こらなきゃいけないの。何かが、どんなことでも。

ロバート　それならもう充分起こったんじゃないのかね。

シンシア　いいえ、わたしが欲しいのは、このとっても、とっても怖ろしい心の空虚を埋めてくれるもののことよ。それなしじゃ、わたし、この先、もうとってもやってゆけないわ。(ロバートの方を振り向いて)残念だけど、あなたじゃそれは無理なの。わたしの傍に、あなたがいることは滅多にないわ。あなたはいつも遠くにいる。そして、ラフカディオ・ハーンのことをあれこれ文章にまとめたり、力不足で三流の仕事しかやらせてもらえないのが不服で、せめて二流の仕事をと、ロンドンの本部にお世辞たらたらの手紙を書きまくったり、ご自分のことをちょっとした神様だと思っている生徒たちに色々世話を焼いたりして、わたしの方なんか、ちっとも向いてくれやしない。(ト突然ロバートの許に駆け寄り、両方の腕を彼の身体にまわして泣きじゃくる)ああわたし、どうしてこんな風にあなたに話しているのかしら？　ねえ、ロバート、わたしに、わたしに何が起こったの？　わたしたちに、わたしたちに、一体何が起こったたっていうの？

ロバート　そんな風に思い詰めない方がいいよ。いずれ時が、時がくれば解決するさ。まあ取り敢えずは、何か趣味のようなものを見つけることだよ。君を、君自身の外へ連れだしてくれるね。そういう意味じゃ、この生け花なんていいと思うがね。僕は君がこれをやる気になってくれて、ホントに良かったと思っているんだ。こういうことさ、今の君に必要なのは。そうだな、それと、中野クンを供にお寺巡りなんていうのはどうだい。彼《あれ》は知っての通り、古刹、名刹の類《たぐい》についちゃ、めっぽう詳しいからね。今度ぜひ一緒にお寺見物に行こうと誘ったらいい。これは絶対にいい気分転換になるぞ。ぜひそうしろって。

（ロバートがこの意味のない慰めの言葉を口にし、シンシアが彼の腕の中でしくしく泣き声をあげる中で幕）

二（第一幕第二場）

前場より六日後の午後。座敷はよく片付き、庭の雑草もみな抜かれている。中野は座敷の畳の上に胡座《あぐら》をかき、銀の食器をみがいている。傍に置かれているトランジスターラジオからは、日本の流行歌が鳴り響き、中野はそれに合わせて多少調子はずれに口笛を吹いている。庭に面した障子は開け放たれ、縁側の隅にパムの自転車がもたせかけてある。そこへ、ロバートが奥の間から姿を見せる。

ロバート　おい君、申し訳ないが、ちょっとそのラジオのボリューム、落としちゃくれないか。家ん中じゅうそいつが鳴り響いているって感じだよ。カミさんが今ウトウトしかけているもんでね。

中野　（直ぐにラジオのスイッチを切って）これは済まんことをしたとです。申し訳ありまっせん。僕ら日本人は、西洋の人みたいに、あんまり雑音ば気にせんもんですから。前の下宿にいたときなんか、こっちが試験勉強やっちょる傍で、仲間の奴が将棋ばさしたり、ラジオの音ば大きゅうして聴いちょるこっあ、しょっちゅうあったとですよ。じゃけん、たまにピューさんと奥さんが外出してこの家に一人になると、何だか怖うなるとですよ。

（笑いながら）そりゃあしーんとしたままですけんね。

ロバート　この家が静かだなんてことはないだろう。表の通りにゃひっきりなしに下駄の音がするし、時にゃうどん屋の爺さんだってやって来る。おまけに隣のワン公がのべつ幕なしに吠え立ててるしね。これじゃ幽霊だって逃げだしちまう。

中野　ばってん、僕にゃ静かに思えるとですよ。

ロバート　（銀器に目を遣りながら）こりゃあよく磨けたもんだね。カミさんのお祖母《ばあ》さんの家にあったときだって、こんなにゃ光沢《つや》は出てなかっただろう。

中野　この銀器ばふくめて、この家のきれいな調度品はみんな、もとは奥さんのお里にあったもんと違うとですか？

ロバート　お察しの通りだよ。カミさんの実家はそりゃあ裕福でね。（笑いながら）つまるところシンシアの奴、自分より家柄の低い男を亭主にしたってわけさ。カミさんと一緒になったのは、実家の資産を見込んでのことさ。だからって結婚後、こっちの金回りがよくなったってことは全然ないけどね。

中野　（真顔で）僕にゃイギリスの階級制度ちゅうもんが、よく分からんとです。いっぺん、詳しゅう教えてもらえんですか？

ロバート　（腰をすえる前に欠伸をし、両腕を伸ばしながら）そんなことをホントに知ろうと思ったた日には、まあ少なくたって連続十二回ぐらいの授業が要るよ。

中野　ばってん、お願いしますよ。

ロバート　僕らの国の階級制度っていうのはね、日本《こっち》の芸子の仕来りみたいに、そりゃあ複雑なのさ。どっちにしたって外国人《よそもの》にはピンとこない。

中野　モンクスさんは、その、上流階級の出なんですか？

ロバート　そうだね、まあ、中流の上ってところかな。……ああ、そうそう、パムって言えば、彼女、まだあの自転車、取りに来ないね。

中野　体の具合が、ようないんとちがいますか。

ロバート　いや、そんなはずないよ。だって昨日、英国文化館《う ち》の図書館で見かけたもの。こっちも自転車のことは忘れてたんだが、あの娘《こ》もそれについちゃ、一言も言わなかったな。

中野　日本《こっち》じゃ、レディはあげなもん、あんまり乗りまわさんとですよ。

ロバート　あの娘《こ》はね、日本の淑女が滅多にやらないようなことを、どんどんしでかすのさ。
（ロバートは航空便で届いた「タイムズ」紙を取り上げ、中野は食器みがきを続ける）
中野　あのう、……ピューーさん……
ロバート　ああ、何だい？
中野　ちょっとぶしつけなこと、訊くようやけどよかですか？　ピューーさんは、今じゃ実の父親みたいなもんやけん……。日本《こっち》じゃ、僕らの世代と親父の世代にゃ、考え方に越えられんような大きな違いがあって、なかなか話が通じんとですよ。
ロバート　何だか知らんが、いいから話してごらん。
中野　（不安げ気に）先週で僕も、二十一になったとですよ。
ロバート　ああ、知ってるとも。
中野　けどピューーさん、僕、まだ、知らんとですよ。
ロバート　君が何を知らないって？
中野　お、女ですたい。ぼ、僕はまだ、女、知らんとですよ。童貞やけん。
ロバート　ああ、そういうことかい。
中野　二十歳《はたち》過ぎても童貞やなんて、こんなことでよかとですか？

ロバート　いや、そいつは何んとも言えないな。人それぞれだからね、そういうことは。…
…僕についちゃ、女を知ったのは、二十四のときさ。でも同級生の奴なんか、……まあ、こりゃあ二十五年も前の話だけどね……。それで君は今、女が欲しいと思ってるってわけ？

中野　自分でもどうしたいのか、よお分からんとですが、そげなこつば、心に思うことがあるとですよ。

ロバート　童貞でいるって言うのは、何も恥ずべきことじゃないよ。それでも君が、この先どうしても女を抱いてみたくて仕方なくなったら、その時ゃ迷わずそうしたらいい。でも、女性とそういう関係を持たなくってもすむんだったら、何も今すぐ無理をして…
…

中野　日本《こっち》じゃ昔は、男はどこでもみんな年頃になると、女郎屋出かけて筆おろしばしたとですよ。ばってん近頃は、愛のないセックスは悪いことやいう風潮が高まって……。ピューさんはこれ、どげん思われますか？

ロバート　愛情抜きのちょっとしたセックスで、人が傷つくことはないはずだがね。

中野　実は、ピューさんに折り入って聞いて貰いたい話があるとですよ。ばってん、奥さんには内緒ですたい。こげんこっあ、女性に聞かせることじゃなかですからね。……正直言うと、先月のことなんやけど、僕もとうとう、この状況、この童貞の状況ばどないかせんといけんちゅう覚悟ば決めたとですよ。意義深い人生を送るんやったら、実生活の体験と性生活の体験は、欠かすことは出来んちゅう気がしよりましたけん。こういう考えは、おかしいですか？

ロバート　いや、ちっともおかしくはない。多分、君の言うのが本当だよ。

中野　じゃけん、先月、試験週間が終わるの待って……

（トその時シンシアが、ガウンにスリッパを履いて登場。中野は直ちに口を噤む）

シンシア　やっとラジオの音が止んだと思ったら、今度は犬の鳴き声よ、もう、嫌になっちゃうわ。

中野　この話、また別の時にします。

シンシア　まあ、何を言うの。別にわたしがいるからって、遠慮しなくてもいいじゃない。あなたの話、聞いてみたいわ。ねえ、何を話してたの？

ロバート　セックスと日本の青年男子のことさ。

シンシア　まあ、素敵なお話！（中野に）さあ、先をお続けなさいな。

中野　（すっかりまごついて）今話しとったんは、気心の知れた男にしか言えんことで、女性に聞かせるようなことじゃなかとですよ。

シンシア　まあ、バカなこと言わないで頂戴！　そういうのを、典型的日本人の発想って言うのよ。
ロバート　君もなかなか旨いことを言うじゃないか。この子はね、何がショックだと言って、自分のことを典型的日本人と言われることぐらい、胸にグサっとくることはないのさ。そうじゃないかい、中野クン？
シンシア　西洋《あっち》じゃね、セックスの話なんて少なくともこの五十年間、男女が同じ土俵の上でやってるわ。時代遅れはやめにして！
ロバート　ねえ中野クン、君は典型的日本人でいるのと同様に、時代遅れの日本人でいることにも抵抗があるんだろう。それにしてもシンシア、君は世の中の流れってものを、よくつかんでるね。
シンシア　さあ、さっきの話の続きをするのよ、中野クン。
中野　（ロバートに）あのう、ホントによかとですか、そげなこと、女の人の前で話して？
ロバート　ああ、イイとも。遠慮はいらないよ。
中野　実は……（初めは躊躇するが、そのうち勇気を出して話し始める）先月末、ピューさんから小遣いもろうたとき、親友の安田君に、そういう女がいる飲み屋に連れてってくれるよう頼んだとです。安田君は僕なんかと違って、東京育ちで、そげな遊び場ならなんぼでも知っちょるちゅうことやったさけ、言うてみたとです。

シンシア　そういう女って？

ロバート　金で男と寝る女のことさ。（中野に）そういう意味だろ、君の言ってるのは？

中野　（頷きながら、しかしまだ非常に当惑して）そんで、安田君が案内してくれた店で、酒を呑んどるうちに、こっちに合いそうな女の人ば見つけたとです。そりゃあ地味で、下品なとこがのうて、お金目当てにそげなことする女にゃあ、ちっとも見えんかったとですよ。僕の言うこと、分かってもらえますか。

シンシア　ところが、それは見かけだけで……

中野　安田君の方もお気に入りの女ば見つけたようだったけん、僕らはみんなで、その、小さい、連れ込み旅館に行ったとです。そいで、宿に着いて部屋に案内されると、やにわに安田君が、「おい中野、ちょっくら背中《せな》を流してこようぜ。こういう時にゃ、まずは一風呂浴びてコトにあたるってのが嗜《たしな》みなのよ」ちゅうもんで、一緒に服ば脱いで湯殿に向こうたとです。連れの女は、風呂が済むまで部屋で待っちょるいう話でした。ばってん、こっちが湯につかろうとしたその矢先、女は湯殿まで押しかけてきて、先にお金ば請求したとです。学生の中には、人と楽しむだけ楽しんどいて、後でお金を払わん不届き者《もん》がようけおる、そやさけ前払いちゅうことにしてもらわんと困る、いうんが相手の言い分だったとです。そいで五千円出せえいいよりましたけん、五千円は高か、それならこっちがピューさんとこから貰ろうとる月の手当と同《おんな》じや、もうちょっと勉強ができんとかと訊いたとですが、したら女は、五千円なんて通り相場の半分や、しかもその代金は店の主人《あるじ》に渡る分、自分の分はびた一文入っとりゃせえへん。あんたは私の好みやさかい、とこう迫ってくるとですよ。それで、その文句につい絆《ほだ》されて……

ロバート　そりゃあ君は、もうちょっと用心すべきだったね。

中野　そいで、風呂から上がって戻ってみると、部屋はもぬけの殻だったとです。女の姿ば、影も形もありゃせんで。

シンシア　それで、お金の他に盗《と》られたものは?

中野　奥さん、この話ば、もう知っちょられるとですか?

シンシア　いいえ、聞くのは今が初めてよ。でも、こういうことって、世間じゃよくある話だから。あなた、ひょっとして、盗られたの、お金だけじゃないんじゃない?

中野　あの女たち、僕の時計も安田君の時計も持っていきよりました。僕はほかに、ネクタイピンもカフスボタンも盗《や》られたとです。（トいかにもしょげ返ったように黙って食器を見つめる）

シンシア　それで?

中野　あいつら、まっこと悪い女でした。僕の見る目が甘かったとです。旨いこと言うて、人ば騙して……

シンシア　ええ、それはよく分かったわ。だけど、あなたたち、それからどうしたの？

中野　えっ？　あの後どげんしたか、言われるとですか？

ロバート　警察へ行くとか、飲み屋に戻って盗られたものを取り返すとか、やることは、色々とあるだろが。

中野　（愕いて）そ、そげなこつ、出来っこなかとですよ。

シンシア　どうして、どうして出来ないの？

中野　それは、その……（ト大きく息を吸い込む）

ロバート　もしそこで被害に遭ったと騒いだりなんかしたら、逆にひどい目に遭うって思ったのかい？

中野　そういうことも、あるにはあるとです。

シンシア　でも、もっと大切なのは、顔の問題かしら？

中野　顔？

シンシア　あなた、もし警察やその飲み屋に行って、騙されたって白状なんかしたら、お巡りさんやお店の人やそこのお客やなんかに、自分のバカさかげんを晒すことになる、それじゃこちらの面目は丸潰れだって、そんな風に考えたんじゃない？　違う？（相手の返事はない）そうでしょう。

ロバート　中野クンね、どうしてまた君はそんなに人がいいんだい。お人好しにもほどがあるよ。

シンシア　あなた、それはこの子が素直だからよ。それを咎めちゃいけないわ。

ロバート　それで君は、自分の時計も、カフスボタンもネクタイピンも、それからこっちが渡した月の手当も、全部、一切合切なくしちまったわけだ。なんともミゼラブルな話だね。

シンシア　でもロバート、こんな話を聞いちゃった以上、わたしたちも知らん顔は出来ないわね。そうでしょう？

ロバート　ふむ、まあ、そりゃそうだ。取り敢えず、時計についちゃ、僕の昔していたオメガを使うといい。今でもよく動くからね。

シンシア　中野クン、実はわたし、この間からあなたが腕時計してないものだから、どうしたのかなって思ってたのよ。

中野　いや、そげな心配ばして頂かんでもよかですよ。自分の過ちで痛い目遭うんは、却ってクスリになるとですから。たしかイギリスの諺にも、「人は過ちによって学ぶ」っちゅうてあるやなかとですか……

ロバート　僕個人について言えば、失敗がクスリになったことなんて先ずないね。

中野　今にして思えば、あの女たちが逃げてくれてよかったとです。お金のためだけの、愛のないセックスなんて、いいことはなかとですから。そう言えば、、学校でメイヒューさんが言うとったです、愛とは秘蹟である、っちゆうて。秘蹟、サクラメントということですよね？

シンシア　メイヒューさんて？……ああ、もうじれったいわね。

ロバート　パムの直属の上司さ。最近、熊本からこっちへ移ったっていう話だ。

シンシア　お目にかかったことは？

ロバート　まださ、でも、いずれ会うことになるだろう。

中野　メイヒューさんは、とっても理想主義的な先生ですたい。日本人は信義ば大事にする国民やいうて、いつも誉めとるですよ。

シンシア　それはね、そう言ってる方が、ご当人に都合がいいからよ。相手に耳障りのいいことを言うのが旨いのよ。

中野　ちょっと訊きたいことがあるとですが、あのモンクスさんは、やっぱり宣教師ゆうことですか？

ロバート　ああ、そうだよ。
中野　ばってん、僕にゃそんな風に見えんとです。
ロバート　ああ、確かにそうだね。そりゃあ一つにはね、彼女がなかなかの美人だからだよ。
シンシア　美人、ですって？
ロバート　そうさ。どうせ君にゃ異論があるだろうけどね。……でも、まあこの話は止めておこう。で、あの娘《こ》が宣教師に見えない二つ目の理由《わけ》はだね、その……（ト言い淀んで）でも、こっちもよくよく考えてみると、言わずにおく方が騎士道精神にかなうってもんだな。
中野　あん人は、大学ば出とるとですか？
ロバート　もちろんさ。確か、ケンブリッジじゃなかったかな。
中野　それじゃ、いよいよ才色兼備ですたい。
シンシア　ねえ、ロバート、この子、あの女《ひと》のこと、好きになっちゃったみたいよ。間違いないわ。
中野　そ、そんなこっあ、なかですよ。（再び怖ろしくドギマギして）奥さん、何ば言われるとですか？　そげなアホなことを。冗談が過ぎるとですよ。

ロバート　女房はね、ちょっと君をからかってみただけさ。

シンシア　あなたがあの女《ひと》を好きになったっていいじゃない。どうしてそんなこと、恥ずかしがったりするの？　すっかり赤くなって。

（このやり取りの終わり頃に、黒田が門を入り、庭を通って縁側に続く石段の所までやって来る）

黒田　（声を高くして）ご免下さい。

シンシア　あの声は、老教授のお出ましね。こんな恰好してるの見られたくないから、わたし、行くわね。（ト立ち上がって、隣の間に通じる襖の方へ向かう）あちらだって、わたしのこんな姿、見たくないでしょう。とにかく退散、退散。

（シンシア、座敷を出て行く。中野、縁側まで出て相手と恭しくお辞儀をし、挨拶を交わした後、黒田の傘を受け取る。ロバート、立ち上がる）

ロバート　これは黒田先生。

黒田　今日は、ピュー教授。

ロバート　そう言う具合に私のことを教授とお呼び下さるのは嬉しい限りですが、前にも申し上げたように、僕は仰るようなポストに就いているわけじゃありません。ですから、もうこれからは、ピューさんということでお願いします。

黒田　これはまた謙虚なことを仰います。（ト大きな風呂敷包みを下におく）そういう控えめな態度は、ほんまにイギリス紳士のものですねえ。

ロバート　いや、そういう謙遜やなんかの問題じゃありません。僕はただ、自分が就いてもいない地位の名で呼ばれるのがおもはゆいだけで。

黒田　そんなこと、別に気にしはらんかて宜しいやないですか。こっちは先生が偉いお人やよって、そう呼ばせてもろとることですさかい……。ところで今日は、先日お越し頂いた折り、ぜひともお目にかけたい思いながら、しまい場所がはっきりせいで先生にお見せせずじまいになってしもたものが出てきましたよって、お持ちしたような次第です。あんな小さい家《とこ》におりながら、ちっとも整頓ができてなくて、あの折りは、誠に面目ないことを致しました。今日は、あの時見つからへんかったもの全部、持参しましたさかいに。

（中野、銀器を片付けようと、それを取り上げる）

黒田　おい、中野クン、元気にしてる？

中野　Fine, thank you. お蔭さまで、元気にしちょります、先生。

黒田　Fine やなんて。そんな言い方、アメリカ英語でしょう、ピュー先生、そうと違いますか？……なあ中野クン、君は折角毎日、その、キングズ・イングリッシュいうのんかクイーンズ・イングリッシュいうのんか、とにかく純正英語を聞く機会に恵まれておるんやから、そういう品のない表現は、この際みんな忘れてしまわんとねえ。今みたいな時には、Very well, thank you こう言うたらええのんや。（黒田、愛情深く、こう言って中野の肩をたたく）先生ご夫婦から、こうして折角すばらしい機会を貰うておるんやから、君は、このお二人の喜ばはるようなことを進んで行い、お二人の助言に従い、お二人が教えてくれはることを細大漏らさず身につけるよう心がけることやね。そうしたら、ここの家《うち》で書生をやって得るものは、計り知れんほど大きいんとちがうやろか。

ロバート　この子がわが家に来てくれて得をしているのは、断然僕らの方ですよ。あの手入れの行き届いた庭を見て下さい。それにこの座敷だって、ちゃんと片付けができているでしょう。

中野　ピューさんご夫婦が眉をひそめるようなマネだけはせんようにちゅうことは、一応心がけちょるつもりです。

黒田　そら、ええことや。そうでないといかんわ。

（中野、座敷を出て行く）

私ね、あれからお茶を入れるとき、先日我家《うち》で手ほどき頂いたようにやっているんですよ。あの折りのお言葉で、バレイ・ペインが「マコーレー」の中で、「ポットに余分の一匙」と言うておったのを思い出しましてね。そうして、言わはるようにしてみたら、そのお茶のえらい美味しいこと。

ロバート　そう仰って頂くと、こちらも嬉しいです。そういう美味しい飲み物を、もうじき女房の奴が、ここに運んで来てくれると思うんですけれどね。

黒田　実は私、昨日北野の縁日で掘り出し物を見つけましてね。今日はそれも是非お目にかけよう思って寄せてもろたんですわ。（ト風呂敷包みをほどき、中から、さながら石鹸から粗く彫ったかに見える、石膏のメアリー女王の頭部を取り出す）この頭部の石膏像なんですけど、こちらのお方は、お国のメアリー女王に相違ない思うんですけど、如何です、違いますか？

ロバート　いや、仰るとおりですよ。間違いありません。でも、こんな王妃の頭部像が、よくまあこの日本にまでたどり着いたもんですね。

黒田　これ、たったの十円なんですよ。正真正銘の掘り出しもんです。（自分の買い物にうっとりして、その頭部像を眺める）これでこの私が、その、ちょっとした目利きやいうこと、認めてくれはるでしょうね。こういうイギリスの珍しいものばかり見つけては、独り悦に入っておりますとね、よお友達なんかに冷やかされます、「黒田さん、あなたの住んではるの、イギリスですか、それともこの日本ですか、一体どっちです？」なんてね。そういう時は私、いつもこう応えるようにしてるんです、「そんなこと、自分にも分からへんよ。ただはっきりしているのは、こっちの住んでるんが、自分で創《こさ》えた世界いうことや」いう具合にね。

ロバート　先生は英語で詩をお書きでしたでしょう。それも今度見せるって仰いましたけど、お持ち下さいました？

黒田　あんなもん、詩なんて呼べるシロモノやあらしません。ピューさん、あれは語呂合わせ、ただの語呂合わせです。いえ、「語呂合わせ」なんか言うたら、また韻みたいなもんを想像しはるかも知れませんけど、生憎《あいにく》私のんは、舵、押韻という舵もとってへんようなシロモノで……。あの時はつい調子にのって、あんなこと言いましたけど、先生みたいな忙しい方を、私の粗末な作品やなんかのことでお煩わせするやなんて、滅相もないことです。

ロバート　いや、そう仰らず、ぜひお見せ願いますよ。

黒田　（首を振って）とんでもありません。その件はどうぞもうご放念下さい。実は私が今日この彫刻と一緒にお持ちしたのは、先だってお話しした、お国の作家たちから頂戴した書簡なんです。覚えていはりますか？（ト風呂敷包みの中を手探りして一通の封筒を取り出し、そこから何枚かの用紙を抜きだす）あのう、これ、バーナード・ショーから届いた手紙なんですけど、なかなか面白いですよ。ショーは、その、ヒトラーを讃美するようなことを言うておりますでしょう。私はそれが気にくわんもんやから、一度抗議の手紙を書いたことがあるんですよ。そしたら、まああのお方、わざわざ返事を寄越さはって、逆にこっちを叱責しはるんですね。これ、ここに置いときますよって、お暇な時、どうぞご覧になって下さい。(トその書簡をテーブルの上に置く)それから、実は、E・M・フォースターさんから頂戴したものもあるんですよ。これなんですけど、私が厚かましゅう『ロンゲスト・ジャーニー』についての批評を書き送ったとき頂いたご返事です。(トそれらをうっとりと眺め始める)ああ、ほんまに惚れ惚れするような手紙ですわ。……堪りませんねえ……まるで傍にいる相手に話しかけるように書いてあるんですから。さあ、これもひとつ先生にお預けしておきましょう。きっと興味をお持ちいただけますよって。よかったら、他にも色々面白いものがありますよ。

ロバート　黒田さん、こりゃああなた、一度本当にイギリスに行かなきゃなりませんね。あっちの作家たちとこれだけ手紙のやり取りをしておられて、しかも、イギリスの事情にも大変お詳しくていらっしゃる。こりゃあ僕としても、先生のイギリス行きが早晩実現するよう、一肌脱がなきゃいけませんな。

黒田　ご親切、痛み入ります。けど、なんぼなんでも、定年の間近に迫った、こんな老耄《おいぼれ》学者に、お金を出してくれるような、そんな酔狂な人はおりませんよ。それに運の悪いことに、戦時中いた満州では、親から分けて貰った、なけなしの僅《わず》かな財産まで、すっかり失くしてしもて。いや、嘆いてみたって詮《せん》ないことです。そんなこと、どうってことあらしません。そうです、私は自分の家に、ささやかなイギリスを創《こさ》えました。そして今度先生が、私のこのイギリスに、これまでにない大きなイギリスを付け加えてくれはりました。私はこれで、充分満足しています。

（シンシア、着替えをし、お茶を載せた盆を手に登場）

シンシア　先生、ようこそお越しを。

黒田　これはまた、美味しそうなお茶やないですか。

シンシア　主人が先だって、先生のお宅でとっても美味しいお茶をご馳走になったたって、喜んでましたわ。

黒田　（得意気に）あのお茶、私が贔屓《ひいき》にしている神戸のリプトンで買《こ》うたものです。でも、「ポットに余分の一匙」いう、お茶を入れるときのコツを教えてくれはったんは、ご主人なんですよ。もちろん紅茶は好きで昔からよお飲んでましたけど、ご主人から伺うまで、そんなこと、いっぺんも考えてみたことありませんでしたわ。

シンシア　我家《うち》の主人、先生のお宅には、色々興味を惹かれる面白いものが置いてあるって申しておりましたわ。年代物のリードオルガンだとか、ベレナス産のお碗だとか、古いウイスキー瓶のコレクションだとか……

黒田　（シンシアが自分をからかっているのに気付かずに）Ｔ・Ｓ・エリオットの『荒れ地』の中の言葉やないですけど、「これらの断片が、私を滅亡から救っている」んです。（クスクス笑いながら）どうか奥さん、そういう取るに足らないつまらないもんですけど、いっぺん私の小さなイギリスを見に来て下さい。

シンシア　お招きさえ頂いたら、わたし、そりゃあ喜んで直ぐにも参りましてよ。（そう言いつつ、彼女は既にお茶をカップに注ぎ、それを黒田の方に廻している）

ロバート　ご本人にもお話ししているんだが、こりゃあ僕たちも真剣で、先生のイギリス訪問を実現させる手だてを考えないといけないねえ。君も知っての通り、先生はまだ彼方《あっち》へ行かれたことがないんだよ。

黒田　お気持は嬉しいかぎりですけど、それを実現させる手だてとなると、これはちょっとやそっとで見つからへんでしょう。（シンシアから受け取ったお茶をすすりながら）ああ、美味しい、さすがですね。こない上手にお茶を入れることなんて、私にはとてもやないけど出来しません。

ロバート　それで、先生のイギリス行きの件なんですがね、どうしてそんな風に、弱気におなりなんです？　まだ何も、やってみないうちから。

（黒田、肩をすくめる）

シンシア　先生は、向こうへ行ってご覧になりたいんでしょう。

黒田　もちろんそうです。ご主人にも話したことですけど、イギリス行きは、私の人生の夢なんです。

ロバート　じゃあ、その夢が叶うように、何かやるべきじゃないんですか？

黒田　何かやるべきや言わはっても、この私に一体何が出来ます、ピュー先生？

ロバート　ご自分の勤務校や文部省からお金を出して貰っている人なら、いっぱいいるじゃないですか。

黒田　それはみな年齢《とし》のいってない人のことでしょう。

ロバート　あの人たちのすべてが若い訳じゃないと思いますがね。

黒田　そういう年を食ってても国や大学から面倒見て貰える学者いうのは、みな国の名誉になるような素晴らしい業績をお持ちの方ばかりでしょう。それこそ受勲の対象になるような。そんな方たちと比べたら、私なんか、とてもとても……

ロバート　いえ、あなただって、そういう人たちに引けを取らない立派な学者ですよ。バカを言うもんじゃありません。

黒田　あんまり人を煽《おだ》てんといて下さいよ、ピュー先生。私はそんな人間やあらしません。

ロバート　僕は煽ててなんかいませんよ。本心を言ってるだけです。……例の野沢教授《さん》なんか、どうしてヨーロッパに行けたんです？　あの人なんか、相当のバカで年寄りですよ。

黒田　野沢先生がアホやなんて、そんなことはありませんよ、ピュー先生。何せあのお人は、日本じゃマーク・ラザフォードの権威なんですから。

ロバート　いや、あの人はタダの教授以下、正真正銘の阿呆《あほう》です。そんなことは、あなただって先刻承知のはずです。マーク・ラザフォードなんて、所詮二流のジョージ・エリオットなんですから。

（黒田、ロバートの言葉に、手を口許に当ててクスクス笑う）

黒田　そこまで言わはると、私としても、その、先生のお説に賛同しない訳にはいきませんわ。まあ、ジョージ・ベンソンやありませんけど、「幸運の女神は、愚かな者に味方する」言うこととちがいますか。

ロバート　あのセンセイ、どこでお金の工面を……？

黒田　お金、言わはりますと？

シンシア　渡航費ですわ。

黒田　そら、色んな組織《ところ》から貰うてはるでしょう。大学とか文部省とか、……一つ二つ、何処かの基金からかて支援を受けてはるんとちがいますか。

ロバート　じゃあ先生には、どうして同じことが……？
黒田　私は、その種の招待には、与《あず》かりませんよって。
ロバート　仰っている、その招待っていうのは、一体どんな？
黒田　もしそういう招待を受けたら、まあ恐らくは、外国へ行く費用ぐらいは手にはいるでしょうね。そう言うたかて、招待の内容にもよりますけど。
シンシア　一体どこがその招待を？
黒田　まあ、あちらの大学とかカレッジですね。野沢さん、今度はカルフォルニアで連続講演をなさるんでしょう。
ロバート　（愕いて）マーク・ラザフォードのですか？
黒田　まさか、ピューさん、とんでもない。……佛教ですよ、禅の話でしょう。
ロバート　なんです、そりゃあ！
黒田　いやいや、あのお人は、佛教には、なかなか詳しおしてね。大家やないんですか。
シンシア　先生だって、それぐらいの話、お出来になれますでしょう？
黒田　私が、ですか？　冗談は止して下さいよ、奥さん。
ロバート　それじゃあ、もしどこか他国《よそ》の大学や学術団体から招聘されることになると、多分あなたは……

黒田　まあ、それだけで済むんやったらまだマシや思いますけど……、はっきりしたことは言えしませんけどね。とにかく、こういうのんは、それはややこしい問題です。私は文部省にも、こっちが、自分の畝《うね》にク、クワを入れよう思って骨を折ってきた学校にも、親友と呼べるような人間はほとんどいません。畝にクワを入れるやなんて、こんな言い方、構いませんか？

ロバート　もちろんですよ。

黒田　そやから、実際こちらの希望にそう形でイギリスに行って勉強するのは、あまりに難しいことや思ってます。どうぞもう私みたいなもののために、ご自分を煩わせるようなマネはせんといて下さい。

ロバート　いや、僕の組織《ところ》の客員研究員制度を使えば、なんとかなるかも知れません。

黒田　いえいえ、とんでもない。私は、そんなとこの支援を受けられるような、立派な仕事なんかしてませんから。

ロバート　そりゃあ、今ここではっきりした約束をすることは出来ませんが、可能性のないことはないんです。

黒田　どうぞもうこれ以上私のことでお手を煩わせるのはお止め下さい。それでのうても先生は、他にぎょうさん仕事や心配事をかかえておられるんですから。

ロバート　いいえ、あなたは一度、イギリスの地をお踏みになるべき人間ですよ。どんなことをしてもね。（シンシアに向かって）君、そうは思わないかね。

シンシア　（頷きながら）……このロックケーキ、召し上がれ。（ト表面がでこぼこした硬いクッキーの載った皿を差し出す）

黒田　ほう、これがかの有名なロックケーキですか。食べたことはおへんけど、何遍も本で読みましたわ。（ト菓子の一つを取り、嬉しそうに口にほおばる）ああ、美味しおすなあ。

シンシア　これ、みんなわたしが作りましたのよ。

（隣家の犬の吠え声がする）

シンシア　ああ、またあれが始まったわ。

黒田　えっ、どうかしはったんですか？

シンシア　あの犬ですわ。吠え声がいたしますでしょう。

（三人、耳を澄ませて、その吠え声を聴く。シンシアは身体を緊張させ、ロバートは妻に同情的な眼差しを向け、黒田は当惑している）

シンシア　あの毒入りのお肉、ベンの代わりに、あの煩《うるさ》いやくざ犬が食べればよかったのに。

（門扉が開き、そこにメイヒューの顔が現れる）

メイヒュー　（小径を大股で歩きながら）頼もう！　頼もう！

シンシア　大きな声で、どなたかしら？

黒田　（立ち上がろうとして）それでは、私はそろそろお暇《いとま》を。

ロバート　（黒田を制しながら）いえ、いえ、どうぞこのままで。多分、土曜の午後は休館だということを知らず、仕事場に僕を訪ねてきた人間が、こっちに押しかけてきたんでしょう。（ト立ち上がって縁側へ出ようとする）

メイヒュー　今日は。ちょっとお邪魔しますよ。失礼ですが、お宅がピューさん？

ロバート　ええ、まあ。

メイヒュー　そりゃよかった。私、メイヒュー、（ト片手を差し出す）ピーター・メイヒューです。ご挨拶に伺うのが遅くなっちまって申し訳ないんですが、実は初めてこちらに寄せて貰ったとき、……いや、私ね、京都は初めてじゃないんです。終戦後、大方五年間、こっちに住んでました。実は、家内と出会ったのもこの町で……

ロバート　とにかく、まあ屋内《なか》へどうぞ。

メイヒュー　（ロバートの言葉に従いつつ）こりゃあいい家やね。こんな御殿みたいなところと比べたら、我家《うち》なんか、まるっきりの掘っ建て小屋で……。さすが、恵比寿《えべ》さんの信者さんは、イエスの僕《しもべ》なんかより実入りがいいね。まあ、世の中なんて、どうせそんなもので……

ロバート　（シンシアに）ねえ君、こちら、メイヒューさん。聞いていると思うけど、国教会の伝導団にいらっしゃる……

メイヒュー　仰る通り、あそこが私のささやかな職場で。（シンシアと握手する）

ロバート　それからこちら、京大の黒田先生。

メイヒュー　ああ、こちらの先生なら、よく知ってます。何せ、こっちのちょっとした集まりに、一度ご臨席をたまわろうかなんて、考えたこともあるくらいですから。今日は黒田さん、こりゃあ奇遇だ。この先生、何でもかんでもイギリスの文物《もの》が大好きで。何時だったか、ほんの愛嬌のつもりで、郷里からこっちのイートン校時代のネクタイ取り寄せて持っていったら、先生大層ご満悦で、そのネクタイ、随分長くご着用あそばしていたけれど、ある時、わが国の大使殿が京大に出向いた折り、黒田さんのその恰好に遭遇して、開口一番言ったそうです（上流階級の気取ったアクセントで）「不肖わたくし、この京都の地で、懐かしきイートンの校友に巡り会おうなどとは、夢想だも致しておりませんでした」ってね。（ト大笑いする。黒田も笑みを浮かべているが、内心この話を苦痛に思っているのは明らか）

シンシア　さあ、こちらにお掛けを。（トティポットの蓋を取り、襖の方に持って行く）ちょっと、中野クン！

（中野登場）

メイヒュー　ホントにこりゃあイイ住居《すまい》だ。やっぱり振興会の人たちも、大使館の連中同様、こうして結構な暮らしをしているんですナ。

シンシア　ねえ、中野クン、もう少しこのポットにお茶を入れてきて下さらない？　よかったら、あなたの分も入れたらいいわ。

メイヒュー　（中野の顔を見上げて）おやおや、こりゃあ、私の自慢の生徒じゃないか。

中野　（お辞儀をして）これはどうも、先生。

メイヒュー　こんな所で、君は一体何を？

シンシア　この子は、今我家《うち》で一緒に暮らしてますの。

メイヒュー　彼が奥さんたちと一緒に？　そりゃまた何時から？……ちょっと君、そんな離れた場所《ところ》からお辞儀なんかしてないで、こっちへ来て、イギリス紳士顔負けのスマートな握手か何かで決めて貰おうじゃないか。（中野は相手の傍により、メイヒューは青年と大袈裟に握手する）やっぱりこれでなくっちゃ。……ところで君、例の作文、もう書けてるのかな？

中野　それが、まだ出来ておらんとです、先生。

メイヒュー　それはいけない子やね。（ト中野の耳をつかみ、冗談ぽくそれをねじる）あの作文を書いて来ないと、次の授業にゃ出られない。私はそんなに甘くはないよ。分かるかナ？

中野　分かっちょります、メイヒュー先生。今晩どげんかして書きますから。

メイヒュー　じゃあ今の約束、忘れないようにね。

（中野、部屋を出て行く）

ホントにまあ、あの君《くん》がこんな所にいるなんて、こりゃあビックリだ。なかなか素質のいい子ですよ、あのチビ君は。

黒田　仰る通りや思います。あんなに勉強熱心で行儀のいい子供と出会いはるなんて、運がよろしいわ。何と言うたかて、近頃の若い人は、昔と大分違ってきてますさかいね。

メイヒュー　それは日本に限ったことじゃありませんて。道徳心《モラル》の荒廃、信心の欠如、それに家族の崩壊、そういう憂うべき状況と無縁な場所《ところ》なんて、この地球上のどこを探したって見つかりっこないんですから。

ロバート　でも僕にゃ、現状が仰るほど悪いとは、思えませんがね。

メイヒュー　そりゃああなたが、今の若い衆のことをご存知ないからですよ。この際言わせて貰うとね、昨今の若い連中のやることなんぞ見ていたら、私なんか時々絶望感に陥っちまう。今この黒田さんが言ったように、現在この日本国の若者の間には、とんでもない変化がおこっておるんだから。実は私、子供時分こっちで大きくなったもんで、戦前の日本の社会もよく知っとるけど、その頃の若者は、誰だって慇懃で生真面目で勤勉、正直で正義感にあふれてましたよ。それがどうです今は、猫も杓子《しゃくし》も下品きわまりないアメリカ文化に頸まで浸かって、情けないったらありゃしない。そうは思いませんか、黒田さん？

黒田　（あくまで慎重に）……そうですねえ、言わはるとおり、近頃は若いお人の気持を推し量るのんが、えろう難しなって来ましたねえ。

シンシア　そうでしょうか？　一部には確かに仰るような人もいるかも知れませんけど、全体的に見ると、わたし、日本《こっち》の若い人たちには好感が持てますわ。あの人たちが精神的にダメになってるなんて、そんなの嘘ですよ。わたしね、こっちの若い人が何で好きかっていうと、あの人たち、今じゃイギリス人ていうか、西洋の若者が失ってしまった、汚れのない無垢な魂《こころ》を持っているからですわ。

メイヒュー　無垢な魂？

シンシア　そう、無垢な魂です。そういうこと、お感じになりません？　これって、わたし、とっても素晴らしいことだと思うんですけど。

（中野、ティーポットを手に戻って来る）

で？

メイヒュー　それなら、この君も、その汚れのない、無垢な魂を持っていると言うわけ

シンシア　ええ、もちろんですわ。

メイヒュー　ホホウ……。となると、こちらも、この君に対する見方を変えないといけませんナ。……ちょっと君、こっちへ来て僕の傍でお坐りしてごらん。（トまるで犬でも呼び寄せるように中野に声をかけ、自分の傍の畳を指さす。中野は、言われたところに腰を下ろして胡座《あぐら》をかく）この君は、ちょっと他所《よそ》で見かけないほど立派な髪をしていませんかね？（ト中野の頭に手をやり、髪毛に軽く指を走らせる）こりゃあまるでブラシ、鋼鉄《はがね》のブラシやね。（ロバートに）……ところで、日本語の方はどうです？　勉強は、進んでますか？

ロバート　いや、なかなか捗《はかど》りませんね。時間がちっとも取れなくて。

メイヒュー　そりゃいけないね。しっかり勉強しなくっちゃ。アナタ、聞き覚えなんてのは、ダメですよ。（シンシアからケーキを受け取りながら）これはどうも。そんなやり方じゃ、とてもじゃないが身に付かない。なにせ、ちょっと難しい言葉やからね、日本語ってのは。まあ覚悟を決めて、真正面からぶつかることですよ。

シンシア　メイヒューさんは日本語、お上手なんでしょう。

メイヒュー　まあ、人前で自分の語学力をひけらかすような野暮天になるつもりはないけ

れど、はっきり言って、この町で、この私より旨く日本語を操れる外国人は、まずいないやろね。あのバークリイだかバークレイだかから来た、自称日本学者のアメリカの教授《せんせい》だって、(ト Berkeley を、最初イギリス風に、次にアメリカ風に発音する)私なんかと比べたらまだまだヒヨコやよ……。そう、私の場合、日本語の勉強にかけちゃ、初めから条件が揃っていたからね。なにしろアナタ、女房の奴、家じゃほとんど一言の英語も話しゃしないんだから。これほどいい環境があると思いますか、日本語の修行を積むのに……

シンシア　奥様は、日本《こちら》の方でいらっしゃいますの?

メイヒュー　仰るとおり。日本の女と結婚したのは正解でしたよ。だから私、こっちの西洋の仲間にはみんな言っとるんです、嫁さんにするなら、日本の女に限るってね。(ロバートに)もっともこの助言は、お宅には遅すぎるけどね。(シンシアに)ねえ、奥さん、一度、我家《うち》のカミさんに会ってやって下さいよ。

シンシア　ええ、機会があればぜひとも。

メイヒュー　もっともお会い下さったところで、カミさんにゃ、奥さんのするような高尚な話は分からないと思いますがね。彼女《あれ》には教養なんて、縁がありませんから、全くもってね。カミさんはありきたりの、平凡この上ない主婦なんです。その代わり、家計《いえ》のきりもりには長けてるし、メシだって旨い。それに、こっちが出かける時だって、あれこれ行き先を穿鑿《せんさく》したりなんぞしない、そう躾けたんです。

ロバート　それで、お子さんはいらっしゃる？

メイヒュー　ええ、まあね。でもお蔭さんで、もう手は離れてますよ。そういう面倒をかけられるのは、子供が孫と遊びに来たときだけで。

シンシア　そんなお年齢《とし》には見えませんわ。

メイヒュー　そりゃ私らは、なにせ所帯を持つのが早かったからね。子供たちだってそうですよ。……どうです、一度私らの家《ところ》に遊びに来ませんか。一緒にゆっくり晩メシでも食べましょうや。もっとも初めにお断りしておかなきゃならんけど、当方の侘《わ》び住まいじゃ、何にも手の込んだ料理《もの》は出せないけどね。酒も、あるのは日本酒だけ、ゴードンのジンも、ジョニー・ウォーカーも、一切なし。もちろん、フランスワインなんてオツなものもね。

ロバート　じゃあ、僕たちの家庭《とこ》と同じじゃないですか。

メイヒュー　いや、お宅たちお金持ちが満喫している贅沢な暮らしぶりについちゃ、先刻承知さ。……（中野に）この君だって、ここへ移ってからというもの、そうした生活が身に付いてきているよ。おい、そうやろ、中野クン。

中野　ピューさんご夫婦は、そりゃあ僕にはよくして下さいます、実の父母《おや》みたいに。

メイヒュー　なるほど。それじゃあ君も当分の間、欠けたメシ茶碗とはお別れってこった。顔の色艶だって、以前と比べりゃ随分よくなっているしね。ホントだよ。そうだよね、黒田さん。

黒田　（立ち上がりながら）……それではピュー先生、本日お持ちした資料《もの》は、ここに置いときますから。ご覧頂ければ、きっとお楽しみ頂けるかと。

ロバート　そりゃあもちろんですよ。（黒田と一緒に縁側に向かいながら）それから、さっきの先生のイギリス行きの話、何かいい手がないか、ちょっと調べてみますから。

黒田　いえ、その件はどうぞもうお忘れになって下さい。私なんか、そんなお骨折りに値するような人間やありませんよって。

シンシア　あら、黒田先生、うちの主人は、何だって一旦こうと決めたら、とことんやる人ですから。どうなるか、どうぞ見ていて下さいな。

（パム、ギターを手に門から入って来る。庭の小径を自転車の置いてあるところまで歩き、それの直り具合を調べる）

メイヒュー　（ロバートに）アナタね、この黒田さんみたいな筋金入りの親英派は、ちょっと他にはいないと思うよ。この人の積年の夢が成就するよう、精々力になってあげておくれな。

黒田　（縁側に出、そこにパムがいるのに気付いて）おやおや、こんな所に素敵なイギリスのご婦人がいてはるわ。モンクスさんやないですか。実は私ね、先日お目にかかったとき、ああ、このお人は、自分が胸に思い描いていたグェンドレン・ハーレスの姿そっくりや、なんて思ってしまったんです。

パム　誰の姿、ですって？

黒田　ユダヤ民族解放運動の描かれている、『ダニエル・デロンダ』の中の、あの誇り高うて不幸な女主人公ですよ。あなたが作中のグェンドレンを彷彿させる女性や言うても、別に失礼なことにはならんと思いますけど……

パム　あたし、ジョージ・エリオットは、あまり読んだことがないもので、そんな作品の女主人公と比べられても、なんとコメントしてよいやら、分かりませんわ……。（中野に）あなた、あたしの自転車、直して下さったのね。

中野　ブレーキの方も、ちょっときつめにしておきました。あんなに緩《ゆる》いと、危なかですよ。

黒田　（ロバートに）それじゃあ私、これで失礼します。もしもモンクスさんが、うちで何時間か非常勤やりたい思ってはるようでしたら、是非こっちの研究室に来るようお伝え下さいますか。丁度英会話のクラスをもう後二つほど持って下さる方を探している最中ですよって、お力になれる思います。

ロバート　パム、今の先生の話、聞いた？

パム　ええ、嬉しいわ。明日先生の研究室、必ず伺いますから。（障子の向こうにメイヒューを見て）あら、これはピーターさん、今日は。

メイヒュー　（冗談交じりに相手を咎めて）こら、この不良娘め、こんな所へ油を売りに来たりして。いいかい、君はこの二週間の間に、二度も聖書講義をほっぽらかしているんだぞ。もうちょっと真面目にやらんと、こちらの先生に、君を絶対採らないよう、進言しちゃうからね。

パム　勝手に授業を休んだのは悪かったと反省しています。でも地滑りで、道路が不通になっちゃって。あのちっぽけな村から出られなくなったんですよ。先に進めないのはもちろんだけど、バスが通っていたところで、こっちへ戻って来るには、相当な時間がかかってますわ。

メイヒュー　ほお、なかなか聞き応えのある言い訳だ。こりゃあ満点あげなきゃいかんようだね。どうです、奥さん？

黒田　それでは皆さん、私はこれでお暇《いとま》を。お蔭で、楽しい一時《ひととき》を過ごすことが出来ました。私が最初にこちらに寄せていただいたとき、ピュー先生に、このお庭は、「永遠のイギリスを象徴する異郷のかたすみ」やなんて言いましたけど、今やっと、このお屋敷全体が「異郷のかたすみ」やいうことが分かりましたよ。

シンシア　それじゃあまたいずれ、黒田先生！

（黒田、石段を下りてゆく）

メイヒュー　それじゃ、こっちもお暇させて頂くとするか。（門扉を開けるのに手間取っている黒田に向かって）いや、いや、そうじゃありませんて、黒田さん！　閂《かんぬき》を上にあげるんですよ。そう、そうです。

（黒田、漸く門を開け、外に出て行く）

メイヒュー　あの先生、なかなか面白い人でしょう。でも、まあ正直言って、ちょっと融通のきかないところもあるけどね。……さてと中野クン、明日の授業で、君の顔を見るのを楽しみにしているからね。（ト青年の手を取り、それをさかんに振る）君、この前、そのうち、我家《うち》に草取りに来ると言ったの、覚えているだろうね。忘れちゃ困るよ。

中野　忘れては、おらんですが……

メイヒュー　いやね、君もこうして上流階級の仲間入りなんかするとね、そういう面倒なことはもう忘れちまうんじゃないかって、つい心配になったりするのさ。……それじゃあ、ピューーさんも奥さんも、これにて失礼！（ト庭におり、門の方へ向かう）パム、いいかね、ここの奥さんを、ぜひうちの婦人会の集まりにお誘いするように。奥さんは、この町の女性信徒たちと顔を合わせるのを、それは楽しみにしているようだから。分かったね。

（パム、この言葉に顔をしかめるが、メイヒューは庭のあちこちに目を凝らしていて、それに気付かない）

ピュー先生は、この日本に、こうして広々とした別荘をお持ちなんですナ。ホント、結構なご身分や。……さあ、それじゃあこれでお暇を。皆さん、ご機嫌よう。

（メイヒューが出て行くと、ロバート、シンシアの肩を抱き寄せながら座敷へ戻る。中野は縁側に置かれている自転車をパムの所へ引いて行き、自分の修理した部分を示す。パムは傍のベンチにギターをおく）

ロバート　これで気分も落ち着くよ。

シンシア　そうね。さっきよりちょっとマシになって来たわ。でも、あの人がもう少しここにいたら、わたし、もう倒れてたよ。あんな人と四六時中一緒にいなきゃならない奥さんに、ホント同情するわ。

ロバート　同情の要るのは旦那の方もだよ。何しろあの人は戦時中、日本《こっち》の捕虜収容所で危うく殺されそうになったんだそうだからね。……これ、さっき黒田さんがこっちに読むようにって置いていった例の手紙。

（ロバート、それらの手紙を読み始める。シンシア、腰を下ろしてぼんやりとしている。中野は自転車の傍

にいるパムを残してギターの方へ寄る）
中野　これは、どげんしたとですか？
パム　ギターよ。丁度買ったところなの。京大に勉強に来ているアメリカの若い人から譲ってもらったの。あなたのガールフレンド、お琴がまだそれほど上手に弾けないみたいだけど、あたしも遅れをとらないように、何か楽器を習わなきゃって思ってね。
中野　あの娘《こ》は、僕のガールフレンドなんかじゃなかとですよ。そげなこと、分かっちょる思いますけど。……それで、モンクスさんはそれ、弾けるとですか？
パム　ちょっとね。
中野　それじゃ、ちょっと弾いてみて下さいよ。
（中野が注視する前で、パム、ギターケースを開けて、中から楽器を取り出す）
ロバート　（読んでいた手紙から目を上げて）パムと中野クンは？
シンシア　庭にいるんじゃない。
ロバート　パムについちゃ君も色々言うけれど、彼女は魅力的な娘だよ。何かこう、とっても清々《すがすが》しいものを感じさせるんだな。
（庭のパムは中野の方を見て微笑み、不慣れな手つきで二、三の和音を弾く）
シンシア　あの女《ひと》に清々しいところがあるとしたら、それは、よくお手洗いなんかで見かける、ちっちゃな掛け額のスガスガしさだわ。

ロバート　何だって、そう彼女のことを目の敵《かたき》にするんだい？

シンシア　自分でも分からないわ。でも、あの女《ひと》にもう少し嗜《たしな》みってものがあったらと思うわ。じゃなかったら、自分の常識は、必ずしも世間じゃ通らないぐらいの自覚は持ってもらうとかね。

（パム、日本の古謡「さくらさくら」を歌い始める）

中野　その歌、知っとられるとですか？

パム　（頷きながら）だってこれ、あなたたち日本人が、古くから愛唱してきた歌だもの。

シンシア　（立ち上がって、障子のところへ行く）あの女《ひと》が日本の古謡《うた》を……

パム　（ピュー夫婦が自分たちを見ていることには気付かず）あなた、これ、歌えて？

中野　ちっとなら。

パム　じゃ、一緒に歌いましょう。さあ。

ロバート　（障子の傍のシンシアに寄り添うようにして、二人を見る）あの子たち、とっても楽しそうだね。

シンシア　わたしたちにも、あんな幸福《しあわせ》な時があったのかしら？（元の場所に戻り、ほとんど独り言を言うように）何が間違ってしまったのかしら？　どんなことが、起こってしまったと言うのかしら。

パム　ダメ、ダメ、そうじゃないったら。旋律《ふし》がちがうわ。アナタ、日本人のくせして、この歌のこと、ちっとも分かってないのね。そんなの恥よ。いいこと、こう歌うのよ。しっかり覚えなさい！（メロディの終わりの方を小声で歌う）そこんところ、下げるんじゃないってば！　上げるのよ。もう一度、あたしに従《つ》いて歌ってご覧なさい。（二人、揃って同じ箇所を歌う）

ロバート　あの娘《こ》の声、結構いけるね。いや実際、なかなかうまい歌だよ。それに引き換え、彼《あれ》のは、ありゃ全然歌になっていないナ。全くひどいオンチだよ。

（シンシア、今一度障子の傍のロバートに寄り添うようにする。ロバートはその身体に腕をまわそうとするが、彼女は直ぐに身を引き離す）

パム　そう、それでいいわ、やっと出来たわね。（歌いながら）「いざや、いざや見にゆかん」。さあ、もう一度歌いましょう。

（二人、再度一緒に歌う）

ロバート　ねえ君、この間、何か起こって欲しいって言ってたね。覚えてる？　ご覧、今その何かが起こっているよ。

シンシア　（中野とパムを凝視しながら）でもそれ、わたしたちにじゃないわ。他の人間《ひと》に起こっているだけでしょう。

ロバート　もちろん。でもそれだって、最善の次によいことだ。僕らは多分、その辺りでよしとすべきなのさ。

（夫婦は障子の傍に佇んだまま、庭の若者たちを見ている。若い二人は夫婦に気付くことなく、幕が降りる中「さくらさくら」を歌いつづける）

三（第二幕第一場）

十日後の午後六時頃。ロバートが座敷の机で書き物をしている。そこへ中野が一枚の紙を手に入ってくる。青年の顔は、疲れ青ざめているように見える。

中野　ちょっと今、よかですか？

ロバート　（顔を上げずに）どうしたんだい？

中野　今度出場《で》る、E・S・S・の弁論大会の原稿、書いたんやけど。

ロバート　ああ、なるほど。そういうことか。

中野　でも、また別の時でよかです。明日《あした》でも。

ロバート　いや、今でも構わんよ。厄介なことは早く片付けちまった方がいい。（椅子を中野の方に回転させて）それで、どんなことを話すのかね。
中野　十代の若者の自殺のことなんやけど。
ロバート　えっ？
中野　こげん問題は、初めて持ち出すとです。
ロバート　いや、そういう話なら、以前《まえ》にも聞いたように思うがね。……まあ、そんなことはどうでもいいことだ。じゃ、早速君のスピーチ、聞かせて貰おうか。
（中野、手にしていた紙をロバートに渡し、自らは部屋の中程まで下がって、両手を伸ばし、気を付けの姿勢をとる）
中野　「自殺――その功罪」（「おほん」と咳払いする）……ええ、「先週、私の友人であります、美しき容姿と才能に恵まれた一人の女子学生が自殺しました。この事件につきましては、皆さん既にご存知のことと思います。彼女は家政学の試験に失敗し、恥をしのんで汚名に生きるよりは、自身の若い命を絶つことの方を選んだのです。彼女は都ホテルに入ると、さもアメリカ人の知人の紳士と会う約束をしているかのような振りをして、エレベーターで最上階まで上がり、屋上から下のプール目がけてその身を投げたのでありました。今度の出来事が起こってからというもの、私は何時も自問しておるのです、何故に、何故に彼女は、自分の家族、また大勢の友達やホテルのプールの使用者、そして取り分け自らの苦痛を顧みず、あのような怖ろしいことをしたのであろうかと……」

ロバート　おい、おい、ちょっと待てよ。今出てきた女学生って、一体誰のことだい？僕の知ってる女の子？

中野　ああ、これは、実在の女性《ひと》じゃなかとですよ。こっちの想像した人物で。もちろん実話で始めた方が聴衆にはウケがええちゅうことは分かっておるんやけど。スピーチの本にもそう書いてあるし。やっぱし、こういうのんは、あかんですか。

ロバート　いや、問題はそういう技術的なことじゃないんだ。この種のスピーチでは、先ず、事実に基づかない話はしないっていう姿勢が大切なのさ、そうは思わないかね？

中野　じゃあ、こういう冒頭《でだし》は、あかんとですか？

ロバート　ああ、あまり感心しないね。

中野　（表情を暗くして）そうですか。じゃあ僕の方が間違っています。こげんスピーチは、アカンとです。

ロバート　こっちの言ってるのは、その内容じゃ賞が取れないってことじゃないんだ。僕も一度その手の審査員《ジャッジ》をやらされたことがあるけど、正直言って、その時優勝したスピーチなんか、今の君のよりか程度はよほど落ちると思う。でもね……。まあ、こんな話はもう止そう。取り敢えず、最後までやってご覧よ。

中野　弁論大会に出るのは、もう止しにしよう思います。
ロバート　バカなことを言うもんじゃないよ。結果は、やってみなきゃ分からんじゃないか。
中野　いや、今回は欠場ばします。
ロバート　そんなこと言って、一体どうしたんだね。えっ、中野クン？
中野　別に、何でもなかとですよ。
ロバート　近頃、どうもいつもの君らしさが見えないね。我家《うち》へ来たことを後悔してるのかい？
中野　（この言葉に血相を変えて）そ、そげんこつ、なかですよ。滅相もない！
ロバート　じゃあ、どうしたっていうんだい？
中野　梅雨《つゆ》になると、僕は何時も気分が落ち込むとですよ。梅雨は日本の気候につきものやけん、仕方なかですが……
ロバート　でも、ここのところ、雨は降っちゃいないけれどね。
中野　今日か明日には、本格的な梅雨入りになりますよ。
ロバート　君はすこぶる陽気な人柄だと思っていたんだけどね。そういうこともひとつにはあって、君には我家《うち》に来て貰ったのさ。女房だって、君が面白いことを言ったりしたりして、気分を引き立ててくれるのを、楽しみにしているはずだよ。

中野　ご期待に添えんで、申し訳なかです。

ロバート　おい、おい、別に謝って貰うようなことじゃないよ。ただ近頃の君を見ているとだね、何か困ったことがあるような気がするのさ。そうして、もしそういうことがあるのなら、率直に言ってくれりゃ、多分、君の力になれるんじゃないかと思ってるのさ。

中野　……今晩歌舞伎を観に行かれるとですね。多分お二人が留守の間に、モンクスさんが訪ねてくると思うんやけど、来たら座敷に上げてよかですか？

ロバート　ああ、もちろんいいとも。是非、そうしてもらったらいい。……でも君は、一体いつまであの娘《こ》のことを、モンクスさんだなんて堅苦しい呼び方をしているつもりだい？　あっちは君のこと、明チャンて親しそうに言ってるじゃないか。

中野　あの人は、パムと呼んでって言ってくれとるんやけど、僕にはちょっと……

ロバート　何故、それぐらいのことが出来ないんだね。

中野　僕、そりゃああの人のことば、尊敬しとるとですから。

ロバート　でも、ヘンな祭り上げ方はしない方がいいと思うがね。……大体君たちさ、何時も二人で、一体どんな話をしてるんだい？

中野　先週、夕方から喫茶店に行って、長いこと話ばしたとですが、その時は、安保改訂と核武装の解除の問題ば議論したとですよ。
ロバート　おやまあ、そりゃまたえらくロマンチックな夜を過ごしたもんだね。
中野　モンクスさんは、とっても真面目な女性《ひと》ですたい。あんお人は、近頃の人間を見てると、そげな問題に関心ば持たんもんが多すぎるゆうて、いつも憤慨しとられるとですよ。こげんことを真剣に考えられんようでは、若者の義務は到底果たせん言うて。あんひとの言うには……
（シンシア登場。中野、話を切る）
シンシア　（ロバートに）あなた、着替えをなさるおつもりなら、直ぐになさらないと。もう十五分もしないうちに、黒田先生がお見えになるわ。
ロバート　この恰好でも、別に構わんだろう。
シンシア　ダメよ。あなたのように責任ある立場の人は、もっと身なりに気を配るべきよ。開襟シャツは、南座には似合わないわ。
ロバート　こんなに蒸し暑けりゃ、日本人の観客だって、半分はこんなもんさ。そう堅苦しいことばっかり言うなって。……それより、今この子が、パムと何時もどんな話をしてるかってこと、聞かせてくれたんだけどね。こいつらときたら、またエラく高尚なお交際《つきあい》をしているらしいんだよ。（中野に）今の話を拝聴してね、君がここんとこ元気がなく、何か物足りなさそうにしている理由《わけ》が分かったような気がしたよ。
シンシア　わたしたちね、ここのところ、あなたのこと、ずっと心配してるのよ。以前はあんなに活き活きしてたのに、近頃のあなたって、椅子に坐ってぼんやりしてるか、欠伸をしているだけ。いえ、こう言ったからってわたしたち、何もあなたのこと、咎めている訳じゃないの。でも、この頃のあなたを見ていると、なんだかとっても詰まんなさそうで……
中野　それは多分当たっとるです。
ロバート　君、あの娘《こ》のこと、好きで好きで堪らないんじゃないのかい？
中野　多分、ピューさんの仰るとおりですたい。僕はあん人のことが、ほんまに好きや思うちょります。
シンシア　じゃ、そんなに好きな女性《ひと》がいるのに、何で悄気《しょげ》てなんかいられるわけ？
中野　なんぼ好きでも、乗り越えられんような壁があるとですよ、僕とあん人との間には。そこが問題で……。こっちはタダの貧乏学生、あっちはイギリス人の宣教師ですけんね。
ロバート　何でそんなことが、乗り越えられない問題になるんだね？
中野　そもそもイギリス人の女の人が、日本《こっち》の僕みたいな学生ば、本気で相手にしよるとですか。そげなこつ、なかとでしょうが。

シンシア　何でそんな風に思うわけ？　あなたはハンサムだし、優しいし、頭もいいわ。彼女にしたら、当然のこと、あなたのような男の子が自分に好意をもってくれることを、これ幸いと思うんじゃなくって？

中野　ばってん、僕は資産家の息子やなかとです。

シンシア　あなたが昨日言ったのが本当で、もし彼女が共産主義のシンパなら、恋人にお金がないからって、それで気持が冷めるってことはないはずよ。むしろ事実は逆で、あなたの貧しさが、あの女《ひと》の情熱に火を付けるんじゃないかしら。

中野　でも、それだけじゃなかとです。あん人はクリスチャンでしょう。クリスチャンの女性、それも宣教師ばしとるとなると、純潔が何より大事やなかとですか。男と交際《つきお》うたりは出来んとですよ。違うとですか？

ロバート　そりゃあ、おぼこ育ちもいいところだ。有体《ありてい》に言うとだね、日本で仕事を持ちたい連中は、大概伝導団を通じて教職に就くのさ。あの娘もそうだよ。だから彼らは、それほど信仰心が篤いわけでもないし、禁欲的なわけでもない、請け合ってもいいがね。

シンシア　あなた、もっと自分に自信を持たなきゃダメよ。何と言ったって、結局のところ、あの女がこんな所でイギリス人やアメリカ人の彼氏を作るなんてこと、ちょっとやそっとで出来っこないんだもの。彼女ね、あなたが自分に好意を持ってくれたこと、きっと大喜びしているはずよ。
ロバート　女房の言うとおりさ。断言してもいいが、あの娘《こ》は安保反対の話をするためにだけ、毎晩君に会おうとしているわけじゃないよ。
シンシア　そうよ、もっと積極的にお行きなさい。
中野　積極的に？
シンシア　そう、積極的にドンドンいくの。まず、あの女《ひと》の手を握ってご覧なさい。それから身体に腕をまわすの。徐々に彼女の平常心をなくして行くのよ。
ロバート　いいかい、あの娘《こ》にキスしてやるんだ。……おや、一体どうしたい、そんな顔して。
中野　ばってん、あん人は、そげな女性《おなご》やなかとです。純情で、そげなことは絶対にせん人ですよ。
シンシア　バカなこと仰い。今、積極的にドンドン行けって言ったでしょう。相手もそれを待っているのよ。賭けてもいいわ。今わたしたちが言ったこと、試してご覧なさい。
中野　そげんこつ、奥さん、無理ですたい。冗談、言うとられるとですか。僕にゃなんぼ言われても、そげなこと、出来んです。
ロバート　あっちだって、少しは君の気を引くようなこと、やっているんだろう？

中野　気を引くって、どげんことですか、ピューさん？

シンシア　これまでにあの女《ひと》、一緒にいるとき、モーションかけて来たことあるでしょう。もうちょっと、自分に本気で向かってくるようにって。

中野　（自信なげに）いいや、そげんことは、まだ一度も……。（考え込んで）そう言えば、二日前のことやけど……

ロバート　二日前、どうしたんだね？

中野　ほら、僕があん人の下宿に遊びに行ったとき、近所で火事があったと言うたでしょう。

シンシア　ええ、覚えていてよ。

中野　（慌てて）いや、何でもなかとです。大したことやありまっせん。

ロバート　いいから話してごらん、ほら。

シンシア　そんなにモジモジするんじゃないの。お話の中身についちゃ、こっちが判断して上げるから。

中野　（躊躇《ためら》いながら）……その火事ゆうのが、大きな家具の倉庫から火が出たんやけど、ぼ、僕たち、その火がどげな風に燃え上がっちょるか見ようと、下宿屋の露台に上がったとです。そしたら、その露台ちゅうんが、あんまり小ちょうて狭いもんやで、多分偶然や思うけど、あ、あん人の腕が僕のに触れたとですよ。
ロバート　いや、そいつは違うな、恐らくね。それで？
中野　それで、火事の勢いば見届けてから、しばらくして階下《した》へ降りたんやけど、そこの階段がまたとてつものう狭うて……。僕が先に降りたんやけど、そしたらあん人が、こ、こんな風に（ト片方の手を伸ばす）自分の手を僕の肩におくとです。こげな具合に。（トその仕草を繰り返す）
シンシア　ほら、やっぱりそうでしょう。わたしたちの言った通りじゃないの。
ロバート　で、その時、一体君はどうしたんだい？
中野　（一呼吸おいて）別に、なんもせんです。
シンシア　あなた、あの女《ひと》が折角気を引こうとしてるのに、それに何も応えなかったの？
中野　何も、って？
シンシア　ただそのまま階段を降りただけかって訊いているのよ。
中野　（さも情けなさそうに）ばってん、他にどげんしろと？
ロバート　他にどうしろだって？
シンシア　ホントにもうこの子ったら。
ロバート　そこですかさず、あの娘の身体に腕をまわさなきゃダメじゃないか。抱きしめるんだよ。
中野　ばってん、そげんことしたら、あん人怒ってしもうて、二度と会っちゃくれんようになりますよ。
ロバート　何を下らない！　ねえ、君、もうちょっとはしっこくやらんと、あの娘《こ》、ホントに怒っちゃうぞ。相手の気持に応じないでいて、それで彼女がこの先ずっと君の許《もと》にいるなんてこと、あり得ないよ。
シンシア　あの女《ひと》、ちょっと男好きのするところあるでしょう。
ロバート　だから君さえその気なら……
中野　それ、本気で言うとられるとですか？　ひょっとして、冗談じゃ……？
ロバート　冗談なもんかね。真面目な話だよ、君。
中野　（色々考えをめぐらせながら）やっぱり、ピューさんたちの言うとられることが、正かみたいです。西洋《あっち》の女性《ひと》、僕は西洋の女性ばよう知らんもんで、その気持ばつかみ損ねていたようです。日本《こっち》の女性とは大分違うようやけん。
シンシア　もちろん、同じじゃないわね。
中野　奥さんも、あん人と同じ西洋人や。西洋人なら、同じ西洋人の気持はよく分かるとでしょう。あん人は、偽善者ちゅうことですか？

シンシア　偽善者ですって？　あの女《ひと》が特別そうだってことはないはずよ。何が言いたいの？

中野　あん人はよく、キリスト教のことやら、それに基づく道徳のことやらを持ち出しちゃ、西洋の精神の優《まさ》っちょることば口にするとですよ。じゃけん、もし奥さんたちの言うちょることがほんまなら、あん人だって、したり考えたりすることは、こっちと変わらんゆうことやけん、偽善者いうことになるとですよ。それも、とんでもない偽善者いうことに。

（ロバート、シンシア笑う）

中野　何が可笑しかですか？

シンシア　ご免なさい、笑ったりなんかして。でも、あなたって、ホントにまだ子供ね。

ロバート　僕たちはね、君にただ幸福《しあわせ》になって欲しいだけなんだよ。

シンシア　わたし、あなたの気持、よく分かってるの。あなた、もしあの女におかしなマネして、彼女の機嫌損ねてしまったら、何もかもが台無しになっちゃうって、それが心配なんでしょう。だから、そんなことになるくらいなら、何もしないで現状維持でいる方がマシだって、そう思っているんじゃないの？　違う？　そうでしょう？

中野　（自分の気持を見抜かれ、愕いて）お、奥さんが今言われたことは、全部当っとるです。

ロバート　イギリスの諺にゃ、Nothing venture, nothing gain ていうのがあるよ。要するに、「虎穴に入らずんば虎児を得ず」ってことだ。
中野　その文句なら知っとるとです。メイヒューさんに習いましたけん。
シンシア　だったらあなた、そういう教訓に則《のっと》って行動すべきね。
中野　そうやとは、思うとですが……（襖の方へ向かいながら）いま仰って下さったこつ、もう一度よう考えてみます。
ロバート　（中野の背後から）スピーチの方は、どうするつもりだい？
中野　（言われたことが理解できないように、ぼうっとして）スピーチって？
ロバート　さっき言ってた弁論大会のさあ……
中野　あんスピーチは、出来が悪うて話にならんとですよ。あげなことしか書けん自分が情けなかあ。今度の大会は棄権ばします。それより、早う部屋に帰って考えんならんことがありますけん。（下座敷を出てゆく）
シンシア　可哀想なことになっちゃったわね。でも、二十一の歳になるまであんなに初心《うぶ》でいられるなんて、驚きよね。
ロバート　いや、全く洗練されたところのない、ああいう初心さや素朴さがあるからこそ、彼らには逆にとてつもない情動とかエネルギーとかいったものが具《そな》わりもするんだね。

イギリスのヴィクトリア時代の若者なんか、正にこうした例の典型だけど、蒸気による産業革命を促したものは、彼らの中に捌《は》け口を求めて渦巻いていた、凄まじいまでの生命力《ヴァイタリティー》なのさ。

シンシア　わたしたち、ちょっとあの子をけしかけすぎたってことはないかしら。

ロバート　もちろん、そんなことはないさ。彼《あれ》は自分の気持が処理しきれなくって、明らかにフラストレーションが溜まっている。パムにしたって、事情は同《おんな》じさ。だから、あの子が何とか彼女と大人の男女の交際《つきあい》をするようになればしめたもの、あとは放っておいても、自然昔の中野に戻るから。正直言って、あの子がため息ついたり、憂鬱そうな顔をしたり、食べものを口にしようとしないのを見るのは、もうご免だよ。僕が思うにね、あの娘《こ》は処女じゃないよ。

シンシア　そんなこと言って、彼女、あの子を堕落させなきゃいいけれど。なんて言ったって、中野クンはその辺の若い子とは違うんだから。

ロバート　いや、若い男女が一緒にいる場に立ち会う時の気持の高ぶりっていうのは、奇妙なもんだね。二人は部屋の両隅にいて、一言も言葉を交わさない。けれど立ち会う方には分かっている。突然男の眼差しが相手に注がれると、それを受けた女の頬は、直ぐさま紅潮するってわけさ。

シンシア　それに、あの女《ひと》の気の惹き方。

ロバート　それぞれ。男を籠絡させるあの娘の手口は、相当なものだよ。

シンシア　そうよ、あなたも結構よくあの女《ひと》を視てるのね。あの子は、彼女が気を惹こうとした初めての男じゃないわ。

ロバート　面白いことにね、激しい相手の性的魅力の虜《とりこ》になって苦しんだ人間ていうのは、自分でもなおのこと、そういう魅力を振りまきたがるもんなのさ。

シンシア　なるほどね。こんなことが起こるまで、あの子とセックスのこととを結び付けて考えたことはなかったわ。まだ、ほんの子供だと思っていたものだから。外見はこれまでと同じでも、精神的には随分変わって来ているのね。そうじゃなくって？……この前やって来たあの伝導団のメイヒューさんだって、あの子を見て、同じようなことを感じたんじゃないかしら。ていうか、あの男《ひと》があの子の身体に触ったり、髪をなでつけたり、顔を見つめたりするときの様子を見ていると……

ロバート　君もそれ、気付いていたのかい？

シンシア　当然でしょう。直ぐに、はは一んて思ったわ。（黒田とパム、門から入ってくる。パムは自転車を引いており、それを縁側の戸袋にもたせかける。黒田は唐傘を手にしている）

黒田　こんな時期に傘も持たんと外へ出るやなんて、そらいけませんわ、モンクスさん。

いつ雨が降るか分かりませんよって。
シンシア　あら、黒田先生！　あなた、黒田先生がお見えになったわよ。
パム　あたし、傘を持って出ようにも、傘がなくって。
黒田　そら、いけませんわ。日本《こちら》では、傘は必需品ですよ。どんな人間かて、傘の一本ぐらい持ってます。そこはイギリスの紳士と同じですわ。
ロバート　（奥の間から）何だ、君も一緒だったのかい、パム。
パム　黒田先生ね、あたし、こういう、折り畳み式の防水マント持ってますのよ。この黄色のやつ、それは小さく畳めて、重さだってほとんど感じませんわ。昔交際《つきあ》っていたボーイフレンドがこれを見てよく言ったものでした、まるでフランス式のコン――（ここまで言うと自分の迂闊《うかつ》さに気付いて、直ぐに言葉を切る）。いえ、何でもありません。謹厳な学者の方の前で、あたし、とんでもない言葉を口にするところでしたわ。
黒田　えっ？　あなたの昔のお友達が、その防水マント見て、なんて言わはったんですって？　はっきり言うてもらわんことには、こっちには何のことやら……
パム　いいえ、その方がいいんです。
ロバート　（縁側に姿を見せて）これは黒田さん、わざわざお迎え有難うございます。パムも、よく来てくれたね。

シンシア　先生の今日のお召物、素敵ですわ、ねえ、あなた。

ロバート　いや女房の言うとおりだ、実にいいですよ。こちらも似合うという自信が持てるんだったら、そういう和服にするんですがね。シャツやズボンなんかより、どだい着物の方が涼しいでしょう。

シンシア　あなた、ネクタイもちゃんと着けるのよ。

ロバート　ハイハイ、承知つかまつりましたよ。これぐらい言うこと聞かないと、ほかにゃ何も奥様の気に入ることが出来ないもんな。それじゃ黒田さん、ちょっと失礼しますよ。女房のことじゃ、この僕がどれほど苦労しているかご納得でしょう。ああ、この間のメイヒューさんの言葉が胸にしみますなあ。女房にするなら、やっぱりヤマトナデシコですって。（ト再び奥の間に去って行く）

黒田　（やや古めかしい慇懃さで）ピューさんには、えらいご無礼なことになるかも知れませんけど、私は今のようなご意見には賛同しかねます。先生は日本の女性を讃美してはりましたけど、私はサカサマですね。もしこちらのシンシアさんがまだお独りでいはるとか、あるいはこのモンクスさんが私よりせいぜい二回りほどしか年齢《とし》が離れていないということやったら、私はあなた方のような女性と所帯を持つことを真剣に考えたと思います。……私、さっきね、このモンクスさんと通りで一緒になったんですよ。

パム　あたし、危うく黒田先生を轢《ひ》いてしまうところでしたわ。

黒田　いえいえ、悪いのはこちらです。あなたがそれこそ流れ星みたように突然現れはったとき、こちらは前もロクに見んと考え事をしておりましたさかい。もしあの時かりに衝突でもしておれば、それはそれで、私のこの散文的な人生も劇的な結末を迎えることになったやろ思います。けど、こうして命拾いが出来て、今晩もういっぺん歌右衛門さんの「船弁慶」が観られるのんは嬉しい限りです。

（ロバート、ネクタイを結びながら座敷に戻って来る）

ロバート　（パムに）あの子には、僕たちが留守の間、君を座敷に上げても構わないといってあるからね。彼《あれ》は今度の弁論大会に出場するのを取り止めるなんて言ってるんだが、ひとつ君の方から、ぜひとも出るよう言ってやってくれないかね。

パム　彼がそうと決めちゃったんでしょう。それを今さら変えさせるなんてこと、あたしに出来っこないわ。

シンシア　そんなことはないはずよ。あの子、あなたの言うことなら従《き》くわ。

黒田　支度がお済みになったようやったら、そろそろ出かけるとしますか。けど、傘の方は忘れんといて下さいよ。

ロバート　傘って、そんなもの要りますかね？

黒田　そりゃお持ちにならんと……。ここ一、二時間のうちに、必ず降りますさかい。

ロバート　（大声で）おーい、中野クン、聞こえるかい！（黒田に）それから先生、ちょっとお詫びをしなきゃならんことがあるんですが、先だってのイギリス行きの話、振興会《うち》じゃ、やっぱり難しいかも知れません。

（中野登場）

ロバート　君、傘はあったかね、僕と女房の。たしか、寝室の押入にしまってあるはずなんだがね。

パム　今晩は、明チャン。

中野　ああ、今晩は、モンクスさん。

パム　（相手の呼び方を改めさせようと）そんな他人行儀はキライよ。パムって呼んで、明チャン。

中野　（戸惑いながら）……こ、今晩は、パム。（ト言って、座敷を去る）

ロバート　それで、今の話なんですが、……実は昨日の午後ロンドンの本部から手紙が届きましてね。それによると、今年の外国人招聘のための予算枠は、全部使い切っちゃっているらしいんです。……それに、残念ながら、年齢の問題もあります。振興会が面倒を見たがるのは、どうしても若い研究者ということになっちまって……

黒田　それはもっともなことですよ。日本《こちら》では奨学金や学術的な補助金というと、当人のこれからの学者としての可能性を見込んで、というのやなしに、その人の過去の業績に対して、ある種の年金のような形で支給されることがあるんですけど、そういうことからすると、お国の制度の方が理に叶うてます。

ロバート　でも優秀な人間を招くのに、年齢で線引きするなんて、バカげてますよ。有能な英文学者を支援するっていうのなら、あなたのような人をうっちゃらかしておいて、一体誰の面倒を見るっていうんです。あなたこそ、真っ先に英国《あっち》へ行って研究すべき人《ひ》間《と》なんだ！

（中野、蛇の目傘と洋傘をそれぞれ一本ずつ持って戻ってくる）

中野　押入に、傘は一本しかなかったとです。じゃけん、僕のも持ってきたとです。これ、使ってつかわさい。（ト蛇の目傘を差し出す）洋傘やのうてわるいけんど。

シンシア　でもこれ、とっても綺麗な傘ね。洋ガサなんかよりずっと洒落てるわ。ホントに借りちゃっていいの？

中野　どうぞ、ご遠慮なく。

ロバート　とにかく、先生のイギリス行きの件についちゃ、ここで諦めるようなことはしませんから。まだ一つか二つ、心当たりがあるんです。

黒田　ピューさん、私みたいな者のために、もうこれ以上のお骨折りはよろしいですよって。この件については、先だっての晩、とても、とてもお心の籠もったお勧めを頂いたときから、あなたのお気持には重々感謝しながらも、その希望《ゆめ》の叶うことはないもんやと思ってました。この世の中には、目を見張るようなことが次から次起こる人間《ひと》と、そういうことには全く縁のない人間がおるようですけど、私はどうも、二番目の部類に入っているのやないかと……

ロバート　その目を見張ることは、これから起きるんですよ。心配しないで見てらっしゃい。

（二人、縁先の敷石に向かう。辺りは緑色をおびた夕方の濃い光につつまれている。遠くの空より雷鳴が響いてくる。黒田が片手を外に差し出す）

黒田　雨ですね。やっぱり降ってきましたわ。

シンシア　（パムに）あの子、あなたの明チャンにね、紅茶かコーヒー、入れて貰ってね。缶の中にケーキがあるから召し上がって。今日の午後作ったの。

パム　まあ素敵！　それって、ひょっとしてコーヒー・ケーキなんじゃあ？　あたし、あれには目がないんですよね。この際、みんな頂いちゃうかも。

シンシア　そう、仰るとおり、コーヒー・ケーキよ。でも全部は食べないで、少しは残しておいてね。今夜お芝居から帰ったら、わたしたちも食べられるように。
（ロバートとシンシアと黒田は表に出、パムと中野は彼らを見送る。「それじゃあ」「行ってらっしゃい」等のかけ声。ややあってパムと中野、座敷に戻ってくる）

中野　よかったら、コーヒーでも紅茶でも、好きな方、入れますが。

パム　欲《い》らないわ、どっちも。あの奥さんのさっきの言い草、考えてもご覧なさいよ、ケーキ、全部は食べるなだなんて。

中野　今夜は、ギターは持って来とられんとですか？　こないだは、また持ってきて、歌ば教えちゃる言うとりんしゃったけど。

パム　悪いんだけど、はっきり言わせてもらうとね、明チャン、あなたには、まるっきり音楽の才能ないと思うのよ。だからあれ以上、いくら練習したって大したことにはならないわ。でもあたしがこう言ったからって、ガッカリすることはないのよ。音痴の人なんて、世間にゃいっぱいいるんだもの。アナタ、ほかに得意な分野沢山あるんだから、音楽ぐらい出来なくたってイイじゃない。……あら、どうしたの、そんなにショゲちゃって。（トソファーに坐って）さあ、こっちへいらっしゃい。

（中野、パムが腰かけているソファーではなく、別の椅子に坐る。パム、先の訪問で黒田がロバートに置いていった封筒を取り上げると差出人等を調べ、中身を取り出して、興奮気味の声をあげる）

これ、E・M・フォースターからの手紙よ。すごいわね。あの黒田さん宛よ。

中野　黒田先生は、その手紙ば、ピューさんに見せとうて、わざわざ自宅《うち》から探して持って来られたとです。個人的なもんやけん、値打ちがあるとですよ。

パム　ねえ、これ、今からちょっと読んでみるから聞いててくれる？「……拙著に対するご貴殿のご高評は全く驚きもし、また感銘も受けた次第です。お手紙を頂戴したお蔭で、もう書き上げてからかなりの年月の経つこの作品について、私は再度思いをめぐらせ、今日まで自分が気付いていなかったこと、また書いていながら長年忘れてしまっていたことなどを、改めて検討することが出来ました。これは誠に、素晴らしいことではありますまいか」

中野　他人《ひと》の手紙を無断で読むなんてこつ、あんまり感心出来んですよ。

パム　そんな堅いこと言わないの。大体あなた、ヘンなところで道学者《プリッグ》になりすぎるわ。

中野　プリッグ？　そりゃあどげな意味ですか？

パム　辞書で調べてご覧なさい。（ト立ち上がって机の所に行き、その上に置いてある書類を読む）あら、ハーレイ通りのお医者さん宛の封筒があるわね。マンヴィル・ソーンダース様……。ねえ、このマンヴィル・ソーンダースって、あなた、誰だと思う？……きっとこの人、ここの奥さんのことで相談受けたのよ。あの女《ひと》、二人目はもう無理ね。

中野　二人目いうと？

パム　二人目の赤ちゃんよ。やっぱりそうなんだわ……。あの女、もうすぐ五十に手が届くところまで来ているのよ。今、四十五歳じゃなかったかしら。今度の赤ちゃんだって、もし生まれていたら、閉経以後《あと》の赤ちゃんだったはずよ。あの人たち、何でもっと早く子供作らなかったのかしら？　あなた、そういうこと、あの夫婦と話したことある？

中野　なかですよ、そげんこつ、話すなんて。

パム　あの二人、新婚時代、自分たちだけの生活を優先して、子供は作らないってことにしてたんじゃないかしら。ところが、だんだん新婚時代の熱も冷めてきて、自分たちの鎹《かすがい》として子供が欲しくなった。でも、あの夫婦は運悪く、それが旨くいかなかった……。きっとそうなんだわ。……ねえ、明チャン、あなた、将来自分の子供が欲しい？

中野　そりゃあ欲しかですよ。日本《こっち》の男は誰だって、血をわけた自分の子ば欲しがるとです。女の人にしたって、その気持は同じように持っちょる思いますけど。

パム　あたし、自分の子供、生んでみたいな。うんと、うんと沢山。少なくたって六人ぐらいはね。（再びテーブルの上の書類を繰って読む）あら未払いの請求書があるわ、こんなにいっぱい。あの夫婦、お金ならうんと持ってるはずなのに。

中野　お二人は揃って気前のよか人やけん、出費も自然かさむんやろ思います。なにせ、そりゃあ沢山の人の力になっとられるけん。

パム　でも食べものについちゃ、あんまり気前よくないわ。ケチ臭いわよ。

中野　モンクスさん、そういう他人《ひと》の書類《もの》ば勝手に見るんは、あかんとですよ。止めてくんさい。

パム　ウフフフ……。ねえ、明チャン、モンクスさんだなんて言わないで、「パム、そういう他人のものを勝手に見るのは間違っている。止めるんだ！」て、叱ってくれたら、あたし、これ読むの止すわ。さあ、言ってごらんなさい、早く。言いなさいってば。どうしたのよ？

中野　（口ごもりながら）パム、そういう、他人のものば勝手に見るんは間違っちょる。止めるんだ！

パム　結構よ、それでいいわ。じゃ約束だから、これ読むの、止めてあげる。あなた、あたしのことパムって呼び捨てにするの、なかなか大変みたいね。（トソファーに坐って）ねえ、こっちへいらっしゃいな。

中野　こっちって、どっちい行くとですか？

パム　ここ、あたしの傍よ。あなたが直ぐ傍だったら、お話しするのに大きな声出さなくって済むでしょう。（中野、パムの掛けているソファーの所へ行き、その反対側に坐る）あら、聞こえる、明チャン？（日が落ちすっかり暗くなった庭に、雨が降り始めている）雨が降ってるわ。もう梅雨《つゆ》の季節だものね。なんて柔らかな雨だこと。あたしたち、出会うのが、雨の中じゃなくってよかったわね。こうしてお家の中で、あなたと二人きりでいられて嬉しいわ。あと三時間も一緒にいられるのよ。（中野の方を見て）あなた、あたしと一緒で嬉しくないの？

中野　そんなこつ。パムさんが傍にいて嬉かです。

パム　でもあなたの顔、そんな風には見えないわ。何だか迷惑してるみたい。あら、明チャン、あなた、額に汗かいているんじゃないの？　そんなに暑い？

（パム、中野の額に手を当てる。中野、その手に自分の手を重ねると、そのまま自分の唇に持ってゆき、その唇に強く押し当てる）

まあ、明チャンたら。

中野　こんなことばすると、怒られるとですか？

パム　怒る？　何であたしがあなたのこと、怒らなきゃいけないの？　どうして？（ト中野の方に身体を寄せると、相手の肩に自分の頭をもたせかける）

こうやっている方がずーっといいわ。ねえ、今度はあたしの唇にキスしてみて。唇よ、明チャン！（中野、躊躇する）あたしの唇に、キスしてみたくはないの、あなた？

（中野、突然パムの唇に激しく口づける。中野の行為に、パムはくすくす笑いながら身もだえする）

中野　こげんなんは初めてや。いままでにしたことなかと。

パム　よく分かっててよ。もう少し、キスの仕方を勉強しないとネ……。さあ、もう一度やってご覧なさい。……そんなに乱暴にするんじゃないの。……優しく、焦らないで、もっとゆっくりやってご覧なさい。

（二人、今度は長い間接吻する。外にはしとしと雨の音）

パム　そう、素敵、とっても素敵よ、明チャン。

中野　（立ち上がり、ぼうっとして）僕ら、一体、何ばしとるとね？

パム　何してるって、そんなこと、分かりきった話じゃない。バカな人ね。

（中野、パムを凝視する）

パム　あなた、何であたしのこと、そんな風に見るの？（語気を強め、慌てて）ねえ、明チャン、そんな目であたしを見るの、止めて！

中野　そげな声ば出して、どげんしたとよ？

パム　あなた、以前はそんな風にあたしを見なかったわ。まるであたしのこと、軽蔑しているみたい。嫌いになっているみたい……。ねえ、明チャン、電灯《あかり》消して、お願い、消して。

（中野、立ち上がって電灯を消す。今や窓から差し込む緑がかった光が認められるのみ）

中野　（ソファーのパムを見下ろすようにして）なして僕が君を軽蔑したり、嫌いになったりせにゃならんとよ。君のことば、僕はこんなに好きやのに。

パム　（手を伸ばし、中野を自分の方に引き寄せる）いい子はね、こんなマネしないものなの。あなたあなた、それ、分かってる？　でもね、明チャン、あたしがこんなことするからって、あなた、に思われたく、勘ぐられたくないのよ、絶対に。

中野　勘ぐられとうない？　何を勘ぐられとうないとね？

パム　あなた、あたしが、これまでに他の男の人ともこんなことしてるって、思っているでしょう。でも、それは違うわ。そ、そりゃああたしだって……。日本《こっち》じゃあたしみたいな女は、寂しい思いをするものなのよ。だって、日本て、男の人の国だもの。

中野　ばってん、友達は沢山いるとじゃなかと。

パム　友達って、日本《こっち》の人は冷たいわ。日本の男は冷たいのよ。そう、あなたたち日本人には、ムードがないわ。いいえ、でもあなたは別よ、明チャン。（トその指を中野の頬に走らせる）でも、勝手な思い込みは止してね。ねっ……

中野　思い込みやて？

パム　あ、あの、あたしがあなたに首ったけだとか、今よりも、もっと深い関係になりたがっているとか……。あ、あたしの言ってること、分かる？

中野　大体は、分かるよ。

パム　いいえ、分かってない、あなた、あたしのホントの気持、全然分かってないわ。でも、もうそんなのどうだっていい、気にしないで頂戴。……ね、あたしたち、こんなお家に二人で一緒に暮らせたらステキよね。そうは思わない？　外には今みたいにシトシト雨が降っていて、あなたとあたし、こうしてソファーに身を寄せ合って坐っているの。そしたら、どんなに幸福《しあわせ》かしら。ねえ、ちがう？

中野　そりゃあ夢よ……。今んままでも、僕は幸福たい。

パム　ねえ、キスして、明チャン。（中野、躊躇う）もう一度キスして。あたしが今教えたとおりちゃんと出来るか見せて頂戴。さあ、早く！

（二人、長々と接吻する。パムが次の台詞を言う間に舞台は暗くなる）

ああ、素敵、素敵よ、明チャン……ねえ、あたしのブラウス、脱がせて……。ほら、こうするのよ……手を貸してご覧なさい……そうよ、ここのホック、はずして……そう、それでいいわ。ああ、明チャン、い、いいわ、いいわよ、明チャン。と、とっても素敵よ……

（右の台詞が終わるまでに舞台は真っ暗になっており、ある程度の時間の経過が示される。外には激しい雨の音。ややあって薄明かりがともると、畳の上の乱れたクッションやソファーが認められる。パムと中野は衣服を整えている。パム、舞台が明るくなって行くにつれて涙声になる）

パム　ああ、あたし、怖いわ、とっても怖いわ。

中野　なんば怖がるとよ、パム？　どげんしたと？

パム　あたしたちのしちゃったことが、イヤなのよ。嫌悪感がするのよ。

中野　なら、なら、なしてしたとよ？

パム　そりゃあ、あなたを喜ばせたかったからよ。だってあなた、あんなに欲しがるんだもの。そうでしょう、ちがう？

中野　そりゃそうやけど。

パム　あたし、そりゃあなたのこと、あなたのこと、好きには違いないけど、死ぬほど好きってわけじゃないわ、明チャン。（ト手前に置いてある箱からタバコを一本抜き、次の台詞を口にしながら火を付ける）

ああ、もうあたし、だれも愛せやしない。罪深い女になっちゃったわ。ねえ、明チャン、あたしね、前に一度あったの。彼は、彼は、あたしにとって初めての人。今夜あなたとこうなる前は、その人としか経験ないの。ホントよ、ウソじゃないわ。あたしは十八で、彼は十九だった。その頃、あたしたち、ケンブリッジの学生でね。ほら、以前、ケンブリッジで日本人の男の人と出会ったって、話したことあったでしょう。その人のことよ。とっても裕福なお家の息子でね、あたしがこうして日本に来たのも、彼とのことがあったから……。そうよ明チャン、あたし、その人のこと、そりゃあ愛してた。とても楽しい学生生活だったわ。……でもやがて、彼はあたしの許を離れて行った。卒業すると彼は直ぐ、日本の外務省に入ったのね。そしてモスクワに赴任したの。その後、彼には二度と会えなかったわ。何度も何度も手紙書いたけれど、返事なんか、ただの一度も来なかった。だから、だからあたし、時々、とっても寂しくなるの。寂しくって、とっても惨めな気持になるのよ。……だから明チャン、あたしのこと、大切に、大切にしてね。（ト中野に縋《すが》り付く。中野、パムの身体に腕をまわす）あたしの気持、分かって。優しくしてね。少しでいいから、あたしのこと、愛して。……ねえ、明チャン、あたしを、あたしを愛して。お願いよ、明チャン。

中野　そげん言わんでも、ちゃんと愛してるじゃなかと。それも、ちょっとじゃありゃせん、そりゃあものすごう愛しているとよ。何時だって、この気持は変わりゃあせん。永遠に、永遠に変わらんとよ。

（どしゃぶりの雨の中をメイヒューが庭に駆け込んでくるが、見えるのは影だけ。メイヒュー、縁先まで来る）

メイヒュー　頼もう！　頼もう！　誰かおらんかね？

（中野とパム、愕いて顔を見合わせる。中野、ややあって、本能的に明かりを付けようとする）

パム　ダメよ、このまま、明かりはつけないで！　こうしていれば、あの男《ひと》、諦めて直ぐに帰っちゃうわ。あたしたちが、ここにいるの、知ってるはずないもの。

メイヒュー　頼もう！　頼もう！　誰もおらんのかね。

パム　あっ、あたしの自転車！　あの男、あたしの自転車に気付くわ。もしこのまま黙っていたら、あいつはきっと……。ああ、困ったわ、どうしたらいいかしら。

中野　こうなったら、顔を出した方がよかとよ。

パム　そうね。

（中野、電灯のスイッチをいれる。パム、急いで鏡の前に行き、青年が縁側へ向かう間、スカートと髪の乱れを直す）

メイヒュー　屋内《なか》に、誰かおるのは分かってたんや。裏手《うら》の明かりが漏れとったからね。

中野　ピューさんたちは、いま南座に行っちょられますが。

メイヒュー　このどしゃ降りだ。とにかく雨宿りをさせて貰うよ。君にゃ、ちょっと想像できんぐらいのもの凄い雨だよ。傘なんか全く役にたちゃしない。何しろ、一度にあっちこっちから吹きつけてくるんだからね。

（メイヒュー、向こう脛《すね》までズボンを捲り上げる。上着はびしょびしょで、頭髪からは滴がしたたっている。彼はハンカチを取り出し、顔を拭い始めるが、この行為に夢中で、最初はパムの存在に気付かないでいる）

メイヒュー　この雨の中、丁度この家の前を通りかかったもんでね、こんなに降られちゃ、これはもうピューーさんの所に緊急避難するより手はないと思ったわけさ。ついでに、まあこの際二人に会って、一度我家《うち》に食事に来るよう算段でもして貰おうと思ってね。

（ようやくパムの存在に気付いて）おや、今晩は……。こんなところで出喰すなんて、奇遇やね。あんたも、このお宅で雨宿りを？

パム　いいえ。今夜は明チャンとこ、遊びに来たんです。

メイヒュー　明チャン……？　ああ、この中野クンのことね。……それで、こんな留守の間に二人で、何して遊んでたんだね？

パム　ええ、ちょっとお話なんか……

メイヒュー　ねえ、中野クン、可愛い女の子をもてなすのも結構やが、試験も間近なんだし、もっと気を入れて勉強すべきじゃないのかい。（パムに）まあ、あんたも、この君の勉強を見てあげてたんだとは思うがね。

（パム、頭を振る）

とにかく彼は、目下ピューーさん夫婦と生活を共にしながら、英語の勉強に精を出しとるんだから、そっちの方の実力は、劇的な向上を見せていることやろね。
パム　そりゃあ、上達してきてますわ。
メイヒュー　それを聞いて安心したよ。実はこの君のことについちゃ、結局母国語しかモノに出来ない手合いの一人なんじゃないかって、思い始めていたところなんでね。
パム　あたし、明チャンの英語、それほどひどくないと思いますけど。
メイヒュー　とにかく、それなりの力が付いてきてるんなら結構なことさ。……分かっちゃいるだろうが、私はだね、君が我家《うち》で今度の弁論大会のスピーチ、聞かせてくれるものと思ってたんだがね。
中野　あれに出るの、止しにしたとです。
メイヒュー　そりゃまたどういうことかね？　遊びほうけたりして、準備が出来なかったというのかい？
中野　いえ、準備はしとったんやけど、ピューーさんに、あんまり感心できる内容じゃなかあ言われましたけん……。その意見が、正しいと思っちょります。
メイヒュー　ほう、なるほどね。ピューーさんは私なんかより先に、君のスピーチを聞く特権を持ってるってわけだ。……まあ、立派な肩書きを持っている人なんだから、こんな時にゃ、あの人の方が私なんかより、ずっと役に立つっていうのはその通りだよ。……

で、そうなると、さしあたりの問題は、このずぶ濡れのズボンをどうして乾かすか、ということになるな。

中野　よかったら、電気ヒーターば、お持ちしますが。

メイヒュー　この暑いのに、そんなもん使った日にゃ、みんなお陀仏になっちまうよ。

中野　そんなら代わりに、僕のズボンば着《は》かれますか？

メイヒュー　そのご親切は有難いが、私と君じゃサイズがねえ……。ああそうだ、ピューさんのやつだったら合うかも知れないな。おい君、彼のズボン、どれか持ってきてくれんかね。

中野　そげなこつ、僕の一存では……

メイヒュー　そうかい。じゃ私が自分で探してみるよ。後であいつが文句を言ったら、全部この私に負わせておけばいい。（ト奥に通じる襖に向かう）で、どこだい、やつの部屋は？

中野　衣裳部屋は、一応右手の一番目の部屋ですけど……

メイヒュー　なに、衣裳部屋だって？　こりゃまた豪勢だね。さあ、どのサヴィル・ロウのズボンが合うか、見るとするか。

（メイヒュー、衣裳部屋へと消える。中野とパム、一瞬黙ったまま見つめ合う）

中野　あの人、僕たちのことば、気付いたんとちがうやろか？
パム　シッ！（小声で）そう、全部知られちゃったかも知れないわ。仮にそうじゃないとしても、あたしたちのこと、疑ってるのは間違いないわ。さっき、こっちの顔見てニヤニヤしてたでしょう。その様子から察するとね。
中野　ばってん、そげんマズかことかな、あん人に知られたいうことが。
パム　そうね、よくよく考えてみれば、別に知られたからって、それほどビクビクすることはないかも知れないわ。あの男はあたしの上司には違いないけど、普段からこっちのこと快《こころよ》くは思ってないし、あなたに対してだって、反感持ってるんじゃないかしらね。そんな気がするわ。
中野　僕に反感を持ってるって、なしてそげなことを？　以前《まえ》は、わしんとこ引っ越してきて、一緒に住んだらええいうて、言うてくれたとよ。
パム　でも、結局その招きには応じずにいて、代わりにこのピューさん宅にやって来た。あの男にしてみたら、それだけだって面白くないわけでしょう。
中野　僕は初め、あん人の家に移《ところ》るつもりでいたとよ。けんどクラスの奴が……（急に言葉を切る）
パム　クラスの人が、どうしたの？

中野　いや、なんでもなか。

（メイヒュー、かなりきつそうなズボンを着《は》いて登場）

メイヒュー　どうだい、ぴったりとはいかんが、これならなんとか……（ト臀部をたたく）でも、ちょっとキツすぎて、屈《かが》むと尻のところが破けそうだ。……それで、ピューさんは何時に帰るって？

中野　直《じき》や思いますけんど。（腕時計を見ながら）帰宅は十一時いうことでしたけど、いま十一時十分前ですから。

メイヒュー　おや、とてもハイカラな時計だね。（ト中野の手首をつかみ、時計を吟味する）

中野　ピューさんにもろうたとです。

メイヒュー　そりゃまたあの人も大層気前がいいね。私にも誰かオメガの時計、くれんもんかね。

中野　僕、以前持ってたやつ、失くしたとです。

メイヒュー　いやはや、あの御仁《ごじん》の太っ腹には驚き入ったね。

（表で車の止まる音。門が開き、ロバートとシンシアが、雨の中を家に向かって駈けてくる）

パム　あっ、帰ったみたい。

メイヒュー　タクシーで戻ってきたようだね。あの車、こっちが行くまで、止まって待ってくれりゃいいんだがな。

（シンシアとロバート、水滴のしたたる傘を手に登場）

シンシア　あなたの傘をお借りして助かったわ、中野クン。（メイヒューの姿を認め、そこで言葉を切る）あら、今晩は、メイヒューさん。

ロバート　やあ、メイヒューさん、いらしてたんですか。

メイヒュー　ねえ、このズボンには見覚えがあるということなら、いかにもその通り。衣装ダンスの中の君のやつを、ちょっと拝借したよ。君のことだから、こいつを直ぐに脱いで元の場所に戻してこい、だなんて野暮なことは言いっこないとは思うけど。なに、当家の忠実な書生君が、自分で衣裳部屋に入って、こっちが目眩《めまい》を起こしちまいそうな、数あるスーツの中から適当なやつを、僕のために選び出してくるのを渋ったもんでね。こっちが勝手に部屋に入って、選ばせて貰ったのさ。

ロバート　ああ、そんなことなら結構ですよ、自由に出して着《は》いて下されば。

シンシア　（パムに）黒田先生がタクシーの中で待ってらっしゃるわ。ご親切に、あなたをお家までお送りするって言って下さって。

パム　それは大助かりですわ。よかった。

メイヒュー　それじゃ、ついでにこの私も乗っけてもらおうかな。まずこの娘《こ》をあのあばら屋に送り届けてから、わが家に寄《まわ》ってもらったらいい。
シンシア　先生、喜んでそうして下さると思いますわ。
メイヒュー　そうと話が決まったら、急がないと。ご老体をあまり待たせるのはよくないからね。そうそう、そのびしょ濡れのズボンね、そいつはわが友情の証拠《あかし》に、ここに置いとくから。多分当家の中野、いや明チャンが、それを乾かすよい方法を探してくれるだろう。それじゃまたそのうち。色々世話になったね。有難う。（トシンシアにお辞儀）
パム　それじゃシンシアさん、あたしもこれで……
シンシア　わたしたちの留守中、あの子、ちゃんとあなたをおもてなしして？
パム　ええ、心をこめて。
シンシア　でもあなた、お茶もコーヒーも召し上がっていないみたい。
パム　（当惑して）え、ええ、あたしたち、お茶を頂くの、すっかり忘れちゃって。
（メイヒューとロバート、この時までに縁先に出ている）
パム　あたしたち、政治の話に夢中になってて……それで、とにかく、時間が飛ぶように早く過ぎちゃったの。
シンシア　それじゃあなた、私の焼いた美味しいケーキも、一口も召し上がらなかったたってわけ？……まあ、いいわ、気にしないで。明日、また遊びにいらっしゃいな。その時一緒に頂《いただ》きましょう。

パム　色々お気遣い有難う。じゃあ、なるべく、明日立ち寄るようにしますから。

（パム、メイヒューのところへ行き、二人、別れの挨拶を口にしながら、庭を駆け抜けて行く。ロバートとシンシアと中野、座敷へ戻る）

シンシア　（中野に）ねえ、あなた、わたしたちの留守中、あの女《ひと》との間に何があったか、正直に仰い。

ロバート　そうだ、一体首尾はどうだったんだね？

中野　何もなかったとですよ。一所懸命話ばしとっただけで。

シンシア　ウソ仰い。あの女《ひと》、わたしの焼いたケーキ、全然手をつけてなかったわ。それは、彼女を夢中にする、なにかとびっきりのことが起こったからよ。

ロバート　さあ、話して。口を割っちゃえよ。

中野　口を、なんばするとです？

シンシア　今夜二人の間に起きたことを、包み隠さず正直に話してって言ってるの。

ロバート　君たちの間に、何かあったのは事実なんだろう？

シンシア　今夜あなたは、わたしたちのアドバイスに従って行動し、自分が望んでいたことを、そのまま成就した。違う？　その通りだって、顔に書いてあるわよ。

ロバート　そして同じことが、あの娘《こ》の顔にも書いてあったんだ。
（夫婦は、期待に胸躍らせながら、中野を間にはさんで、さあ早くと返事を求めているが、青年の方は幾分オドオドして、二人の顔を交互に見る）
シンシア　あなた、あの女《ひと》を口説いたんでしょう、そうよね。
（シンシア、前屈みになって畳の上からソファーのクッションをとりあげると、それを手前に置いて両手でなでつける。その仕草に見入っていた中野は、程なくゆっくりと頷く）
ロバート　最初から、端折らずに話してご覧よ。われわれが君たちを二人だけにして出かけてから、どんな成り行きになったのかさ。
シンシア　そう、初めから話してご覧なさい。詳しいことが知りたいわ。あなたの願いが今晩叶ったってことは、詰まるところ、私たちのお蔭なのよ。そうでしょう。
ロバート　もし仮に、君がこちらの助言に従っていなかったら、どうなっていたと思う？
さあ君、全部話すんだ。
シンシア　ほら、そこにかけるのよ。（ト中野の背を押して、ソファーに腰かけさせる）そして、全部聞かせて頂戴。
（中野、舌舐めずりをし、いまにも泣き出しそうな顔をして、震え声で話し始める）
中野　初め、あん人が、こっちのソファーに坐っていて、ぼ、僕の方は、あ、あっちの椅子に腰かけとったとです。

ロバート　あんまりワクワクするような始まりじゃないね。でも、まあいいよ、続けて。

シンシア　それからどうしたの？

中野　そ、それから、か、彼女が僕に、こ、こっちに来て、あたしの傍に、す、坐れ言うて……

ロバート　なるほど。あの娘《こ》もなかなか隅に置けないね。

シンシア　ちょっとした雌ギツネだわ。

中野　それから、暫くすると、雨が降り出してきて……。あん人、こ、こっちの顔ば見て、あなた、額に汗かいちょるよ、言うて、ぼ、僕の額に、さ、触ったとです。そ、それで僕は、そ、その彼女の手ば取って、手ば取って、握りしめたとです。そ、そして、その手ば、おそるおそる、ゆっくり、ゆっくり、ぼ、僕の唇に、も、持っていったとです。

（中野が話し始めると、ロバートとシンシアは、両側から身を乗り出すようにして、話に聞き入る。あたかも催眠術にかけられてでもいるかのように、身体を強ばらせ、前方を凝視しながら中野が話をつづける中、ゆっくりと幕が降りる）

四（第二幕第二場）

前場よりおよそ二カ月後。夏の真っ盛り。ロバートはソファーに横たわり、書類に目を通している。上半身は裸で、扇風機の風がそこに当たり続けている。一方シンシアは、彼から少し離れたところで縫い物をしている。

シンシア（縫い物を下に置きハンカチを取り出して、それで指の汗を拭いながら）あなた、その扇風機、独占《ひとりじめ》なさるつもり？（ロバートは、彼女の言葉を聞いていない）ロバートったら！

ロバート　よりによって、こんな暑いときに講演者を派遣《よこ》すだなんて、バカを言うにも程があるよ。今度ヘンリー・ハンターが日本《こっち》へ来て、「参加《アンガージュマン》の論理」[4]なんていう洒落たタイトルで講演するっていうんだが、あんなホラ吹き爺さんの話を、こんな時期にクーラーも付いていないホールに聞きに来るような奇特な人間なんていやしないよ。
シンシア　そんなハンターさんのことなんかより、わたしもその風のおこぼれにあずかりたいもんだわ。ちょっとその扇風機、回転《まわ》して頂戴！
ロバート　こいつを回転《まわ》せだって？　何を言ってるんだい。この扇風機、昨日武村さんがひっくり返したせいで、首ん所《とこ》が回転《まわ》らなくなっちまったってことは、君だってよく知っているじゃないか。
シンシア　でも、直ぐに電気屋さんに見せるって言ってたじゃないのよ。
ロバート　それを言ったのは武村さんさ、僕じゃないよ。……そうだ！　ヘンリーが来日するっていうのなら、この際、あの男に黒田さんのことを話してみようかな。あいつなら、教授のために一肌脱いでくれるかも知れないな。何と言ったってヘンリーは、六名の振興会の理事のうちの一人だし、およそ文化事業と名の付くほどのものには、何にだって片足突っ込んでいるんだからな。
シンシア　ねえ、お願いだから、わたしたちが両方その扇風機の恩恵受けられるよう、首を回転《まわ》して風がこっちにも届くようにしてよ。ホントにもう、あなたみたいにワガママで自分勝手な人、見たことないわ。
ロバート　君がそんなところにいるんじゃ、たとえこいつの首が回転《まわ》ったところで、二人同時に風が当たるようにはなりはしないよ。

シンシア　じゃあ今度はわたしがその扇風機の風に当たるわ。あなたはもう充分、それの恩恵にあずかっているんだから。

ロバート　そんなこと言わなくたって、こっちへ、僕の傍に来て坐ればすむ話じゃないか。（トソファーからはみ出た足をさかんに振る）ほら、来いったら！（シンシア、動かない）そうすりゃ、そうやってブツクサ文句を言う気もなくなるってもんさ。

シンシア　（しぶしぶ立ち上がって、ロバートの傍に行く）ああ、これから少なくとも三カ月、暑い日がつづくのね。

ロバート　（彼女の縫い物に目をやりながら）それ、僕のズボンじゃないんだろう。

シンシア　ええ、あの子のよ。

ロバート　でも、一体何なんだって、そんなことまで？

シンシア　だって、あの子にお裁縫なんか出来ると思う？

ロバート　パムにゃ裁縫できないのかい？　そういう針仕事は、もうあの娘に任せておいた方がいいと思っているんだがね。

シンシア　あの女《ひと》、自分の服だって、時々繕いの要るようなものを着てるんだから、いくら相手があの子でも、他人《ひと》のものなんか繕ったりしないわよ。

ロバート　それより君、このヘンリー・ハンターに黒田さんのことを頼むっていうのは、名案だとは思わないかね？

シンシア　あなたのアタマの中、いつもあの子とパメラのことか、黒田先生のことでいっぱいね。

ロバート　君だってしょっちゅう彼らのこと、話しているじゃないか。この時期は天候からいって、人は色んな考えに取り憑かれやすいのさ。この季節、カビが靴の中につぎつぎ繁殖していくように、様々な想念が、人の頭の中に増殖していくってわけだよ。

シンシア　黒田先生って、確かにとっても純朴で、気持の優しい方だわ。あの方とお話ししてて、こちらが不愉快な思いをさせられることなんか全然ないもの。でも、どうしてそこまで、あの人のことに夢中になるの？

ロバート　そりゃああの人には、ちゃんと失《な》くさずに持っているものがあるからさ。

シンシア　あなた、また無垢だとか素朴だとかいう話をなさるつもりね。それならもう結構よ。

ロバート　だってあの人は、実際そういう人なんだもの。

シンシア　それはあなたの仰るとおりよ。わたしもそのことには、反対するつもりはないわ。でもあの年齢《とし》になったら、無垢や素朴さだけじゃ済まないことだってあるはずだわ。

ロバート　いや、幾つになっても虚飾《うそ》がなくって、純真でいられるっていうのは、素晴らしいことなんだよ。
シンシア　でもあの先生、パムのことを、朝露に濡れた、汚れのない英国のバラだって…
…
ロバート　あの人の目に映っている僕たちの姿だって、幻想の眼鏡を通したものだよ。
シンシア　もしも黒田先生がわたしたちの間にある倦怠感に気付いたら、その幻も、シャボン玉みたいにこわれちゃうかもね。
ロバート　それに、君の口にする、その絶え間のない不平や小言ね。
シンシア　いくら毎日キスしてたって、それが人工呼吸と代わり映えしないんじゃ、当人たちの愛情生活も、当然行き詰まるってものよ。
ロバート　（シンシアの身体に腕をまわしながら）人工呼吸ってやつは、それほど悪いもんかね？
シンシア　そう、いいことないわ。そういうのって、ほとんど……。ねえ、止めて下さらない。こんなのされると、暑苦しくって仕方ないわ。それでなくったって、あなた、汗かきなんだから。（しかしロバートには逆らわず、彼が彼女の頭を自分の肩にもたせかけるままにしている）

ロバート　パムのことだけど、彼女、正真正銘の淫乱症だと思うね。
シンシア　やめて、そういう言い方、聞きたくないわ。
ロバート　だってそうだろう。あいつは何という偽善者なんだ。初めはあれだけおくてでコチコチのカタブツみたいな顔をしていたくせに。
シンシア　女が婚前交渉なんかすると、直ぐに世間はふしだらだと非難する。けれど男がどれだけ遊ぼうが、それで当人の株が下がるってことはないわ。不公平な話ね。
ロバート　彼女があの子の心と体をボロボロにしているのは明らかだ。このごろの彼《あれ》の顔、見てごらんよ。
シンシア　それはそうね。わたしたち、あんなに彼《かれ》を焚き付けて、よかったのかしら？
ロバート　焚き付ける？
シンシア　そうよ、わたしたち、今度のことじゃ、あの子をけしかけたわ。
ロバート　そう、ある意味じゃね。最初は冗談のつもりだったんだけれどね。
シンシア　あれを冗談だとは言えないわ。
ロバート　初めは、あの娘《こ》が色恋沙汰には関心の薄い、男まさりのサバサバした性格に見えたもんだから……。でも、彼《あれ》の顔色がだんだんと悪くなって行くのを見るのは耐えられないね。毎晩彼女の下宿に入り浸って、ろくすっぽ寝てもいないんだから。

シンシア　あの女《ひと》の顔だって、まるで幽霊だわ。
ロバート　全くだ。そう言えば、この間能を観に行ったときあの娘《こ》に出会ってね。そしたら驚くなかれ、顔は土気色で、目の下には濃い隈が出来ているじゃないか。一緒に来ていた黒田さんも、彼女は、どこか患っているんじゃないかと言ってたよ。
シンシア　患いは患いでも、その原因《もと》がねえ……
ロバート　それから、その場に居合わせたメイヒューさんも、パムの顔色には気付いていて、「われわれの友人は、ここの所、どうも過労気味のようですナ」なんて、皮肉混じりに言ってたもんさ。
シンシア　あの男《ひと》、気付いているのね。
ロバート　仰るとおりさ。彼は何もかもお見通しだよ。だもんで、パムのことを心底嫌ってるんだ。
シンシア　嫉妬ね。あの男《ひと》、どんなことをしても、パムを伝導団から追い出そうとするんじゃなくって?
ロバート　伝導団からだけじゃなく、この日本からもね。
シンシア　……ねえ、近頃のあの子たちの熱愛ぶりを云々するついでってわけじゃないけど、あなた、ちょっと吃驚《びっくり》なさるようなこと、言ってあげましょうか。――昨日の夜、なかなかよかったわよ。……そうじゃなかった？

ロバート　ん？　昔はもっとよかったことも、あったんじゃないのかい。

シンシア　そう、昔のことなら、もっと素敵な夜もあるにはあったわ。でも、すべてがそういうわけじゃない。昨日より、もっとダメな時だってあったわよ。昨夜《ゆうべ》はね、わたし、ずっとそんなこと考えていたの。……いえ、忘れて、こんな話、やっぱり止しましょ。

ロバート　君の胸に何があるのかってことは、分かってる。

シンシア　あなたの胸にあることだって、わたしには分かっていてよ、ちゃんとね。（ト立ち上がる）その扇風機、一人でお使いになっていいわ。（ロバート、手で扇風機の首を回転させ、風がシンシアにも当たるようにしようとする）いえ、もう結構よ。（ト窓際に行く）あの二人、一体何時終わるのかしら。

ロバート　まあ、なんとも言えないね。

シンシア　でも今度のこと、何の彼《か》のいっても、責任の一端はわたしたちにあるわね。文字通り、あの人たちの縁結びの神様役をしちゃった責任が。

（ストライプの入ったタオルに、水泳パンツをくるんで中野登場）

中野　何も用事がないようやったら、パムと都ホテルのプールに行ってきたいんやけど。

ロバート　そこのプール、君の不幸な女友達が、自殺を図ったところだろ。

中野　（とぼけて）はあ？
ロバート　いや、気にしなくっていいよ。忘れちまっているようだから。
シンシア　わたしたちね、こんなことが、一体いつまで続くのかって、心配しているところなのよ。
中野　言うちょられることが、ちょっと……
ロバート　君とパムのことさ。君たちの関係が、いつまで続くんだろうかって、こっちは気掛かりなんだよ。
中野　そげなこと、こっちにも分からんです。ばってん、僕たちは、もうじき終わるとですよ、あと二カ月か三カ月のうちに。そんくらいで、あん人の任期が終わるとですが、したら彼女、きっとイギリスに帰るとですよ。
ロバート　そりゃまた早いね。
中野　（気落ちした風に）あん人は、契約の更新は、恐らくせんですよ。
シンシア　どうして？
中野　（肩をすくめて）……僕の方が、イギリスに行くとです。
ロバート　あの娘《こ》がそうして欲しいって？
中野　いや、あん人が、それば望んでいるかどうかは分からんです。

シンシア　どうして彼女の気持を訊かないの？　おかしな子ね。

ロバート　あっちへ行くんだったら、試験を受けて、振興会から奨学金を貰ったらいい。

中野　（希望のなさそうな顔で）僕はそげな秀才じゃなかですから、そげな試験はとっても通らんです。

ロバート　初めから、そんな弱気でどうするんだ。君ならきっとパスするさ。

シンシア　（突然思いついたように）ねえ、面白い考えが浮かんだわ。これから二カ月の間に、あなた方二人の仲がどんな風になって行くか、わたしたちめいめいが、自分の予想を書き記しておくっていうのはどうかしら？　そして、その書いたものを、封筒に入れてしまっておくのよ。

中野　仰ってることが、よう分からんとです。

ロバート　（説明は面倒くさいと思う気持をおさえて）これから二カ月の間に、君とパムがどうなるかってことを、予想して紙に書くんだよ、僕たち一人ひとりがね。そして、その予想を書いたものを、それぞれ封筒に入れてしまっておくのさ。

中野　ああ、なるほど……。分かりました。ばってん、なして、そげなことをやろうやなんて？

シンシア　だって面白いじゃない、そうでしょう。今から二カ月後に、わたしたちが今めいめい書いたものを読むってこと、心理学的に興味があるわ。それを見れば、この三人のうちの誰が一番先を見通す目を持っていたかがはっきりするもの。

ロバート　（皮肉っぽく）そんなの、初めから君に決まっているじゃないか。

シンシア　そうねえ、それはまあ、言うまでもないことですけどね……。（ト机の所までゆくと、そこから便箋と三通の封筒を取り出し、それらを持って戻ってくる。そうして、直ぐさま便箋を破って二人の男に渡す）

シンシア　ハイ、これ、あなた。

ロバート　まあ、バカバカしい遊技《あそび》ではあるがね。

シンシア　（中野に紙を渡しながら）あなたはこれね。とっても簡単な遊技だわ。

中野　（乗り気のしない顔で）僕は、なにを書けばよかとですか？

ロバート　そんなこと、こっちに訊いてどうするのさ。君が自分で考えるんだ。

シンシア　独りでね。

ロバート　おや、鉛筆はないのかい？（ト中野に鉛筆を渡す）

シンシア　（何を書いたらいいか、考えながら）いざ書くとなると、なかなか難しいものね。可能性としては、少なくとも三つあるわけだけど。

ロバート　いや、そんなことはない。六つはあるよ。（トちょっと考えてから書き始める）

シンシア　（同様に考えを巡らせて）そう、この可能性が、一番高いわね。（ト書き始める）
ロバート　中野クン、ほら、君も書くんだ！
中野　（畳の上に胡座をかき、コーヒーテーブルで書き始める）辞書がないと、綴りば間違えるとです。
シンシア　間違いなんてどうでもいいわ。文法も綴りも気にしなくっていいから。
ロバート　（シンシアに）もう書けたのかい？
シンシア　ええ、書けたわ。
ロバート　君、こんなことやろうなんて言い出す前に、ちゃんと自分の書くこと決めていたんだろ。きっとそうだよ。（ト中野同様ゆっくりと書きつづける）
シンシア　いいえ、ちがうわ。たまたまあなた方より早く、これっていう考えが浮かんだだけよ。
中野　消しゴムは、なかですか？
ロバート　そんなもん使わなくっても、消したい箇所《とこ》にゃ線を引けばいい。……そうそう、そうやって。
シンシア　これ、あなたの封筒ね。（ト一通の封筒をロバートに渡し、もう一通を自分が取る）
ロバート　（自分の書いたものを封筒に入れ、封をする）ムシムシして、やけにべとつくね。

シンシア　（自分のものに封をしてから）ホントにそう。垂れ蓋を舐める必要がないくらいだわ。
中野　僕も、書けました。
シンシア　いいわ。さあそれ、封筒の中にいれて。
中野　（躊躇《ためら》いがちに自分の書いたものを封筒の中に入れ、封をする）われながら、バカバカしいことを書いたとですよ。
シンシア　（中野から封筒を受け取ると、その三通の封筒を机の所まで持って行く）じゃあこれ、この抽斗《ひきだし》の中にしまうわね。そして、パムとの別れの時が来たら、その時、ちょっとしたパーティでも開いて、みんなでこの封筒開《あ》けて読みましょう。
中野　（発作的に片手を差し出して）ち、ちょっと、奥さん……
シンシア　えっ？
中野　僕……（言い淀む）
シンシア　どうかして？
中野　いや、何でもなかです。
ロバート　何か付け加えたいことでも？　じゃなかったら、書き直したい箇所《とこ》とか？
中野　いや、それでよかです。
シンシア　それじゃあいいこと、これ、この抽斗の中にしまうわね。その日が来るまで、誰の目にも触れないように。
ロバート　来たるべき日、その三通が、爆弾みたいに炸裂するわけだ。
中野　じゃ、僕、出かけます。
ロバート　あの娘《こ》とは、どこで待ち合わせるんだい？
中野　伝導団まで、迎えに行くって言ってあるとです。午前中は、あそこで授業してますから。
シンシア　お昼は、ここに戻って来て？
中野　多分、戻らんです。
シンシア　よかったら、お昼ご飯、戻ってきて、ここでパムと一緒に食べていいのよ。
中野　奥さんのご好意は嬉しかですけど、ばってん、お昼は多分あん人の下宿に行くことに……。それじゃ行って来ます。
ロバート　じゃあ、気を付けてね。
シンシア　パムによろしくね。楽しんでらっしゃい。
（中野、出て行く）
ロバート　ねえ、君、さっきしまった封筒、今から垂れ蓋の所に湯気を当てて開いて、あの子が何を書いてるか、見る気じゃないの？

シンシア　まさか。

ロバート　そりゃ意外だね。こっちはてっきり……。でもあの子、一体どんなことを書いたのかなあ……

シンシア　そんなに知りたいんなら、ご自分で湯気を当てて開けてみたら。

ロバート　それじゃ遊技《あそび》にならないよ。

シンシア　でも、あれって、あの子にとっちゃ遊技じゃないわ。パムにとってもね。いいえ、あの子たちにとってだけじゃないわ。私たちにとってみたってそうよ。

ロバート　そう、遊技とは言えないね。さっきのことは、こっちにしたって、しごく大事なことだ。

シンシア　あなた、二人のこと、なんてお書きになったの？

ロバート　そんなことここで明かしたら、ルール違反になるんじゃないのかい。遊技には遊技の規則ってものがあるんだから。

シンシア　もう遊技なんかじゃないったら。お話なさい、わたしも話すから。

ロバート　そうだな……

シンシア　さあ早く！

ロバート　でもやっぱりそれは、あの子に対する背信行為になっちまう。

シンシア　じゃいいわ。わたしが先ず口火を切るから。ええっと、わたしの書いたのはこんなこと。「――あの子はパムの凄まじい性欲に、そのうち嫌気がさしてくるだろう。彼女が日本を離れるとき、それはあの子にとって解放の時だ。そして一旦パムと別れたら、あの子が彼女と会うことは二度とないだろう。そして……」あっ、そうそう、「あの子はパムのことを忘れようとするに違いない」

ロバート　人間てものは、真実であって欲しいと望むことを、真実だと思い込むもんさ。

シンシア　それで、あなたの方は？

ロバート　どうしても、白状しなきゃならないかね。

シンシア　そうよ、早く仰い！

ロバート　……じゃあ、僕の書いたのは、こんなことさ。「――パムはそのうちあの子に飽きるだろう。そしてほかの誰か、別の日本人か、あるいは何処かの留学生を、自分の新しい恋人にするだろう……」

シンシア　あなたがさっきわたしに仰った、「人は真実であって欲しいと望むことを、真実だと思い込む」っていうセリフを、そのままお返しするわ。

ロバート　話の腰を折らないで、まあ最後まで言わせてくれよ。……ええっとだね、「けれどもパムは、時々あの子と関係を持つ。しかし、今や彼女の本命は、別の男だ。しかもその本命は、一人とは限らない。だから、こういうパムの新たな愛人のお蔭で、あの子は痩せる思いをさせられることになるだろう」。そういうわけで、僕の結論は、「あの子にとっては、パムが彼を顧みないで遠くへ立ち去っていくのが一番いい結末になるだろう」ってことさ。

シンシア　なるほどね、なかなか面白いわ。

ロバート　じゃあこの際、あの子の封筒も開けてみるか。

シンシア　いいえ、ダメよ、それはいけないわ。（ロバート、肩をすくめる）あの子の封筒の中身まで知ろうだなんて、それはやりすぎってものよ。

ロバート　ここまでだって、既にやりすぎてるよ。

シンシア　それにしても大変な暑さね。ちょっと庭に降りてみましょうよ。（ト庭に降り、ロバートがその後につづく）あの子が我家《うち》に来るまでよりか荒れてきたわね、この庭。

ロバート　あの子が全く関心なくしちまったからね。

シンシア　でも、これって、今度起こった、このちょっとしたドラマに参加するための代償みたいなものよ。台所の天井に出来たクモの巣程度のね。

ロバート　磨かれなくなった銀器程度っていうかね。

シンシア　（伸び放題になっている、水気のありそうな雑草の大きな葉っぱを吟味しながら）こんなぎょっとするほどでっかい葉っぱの育つ国ってないわ。まるでSFに出てくる植物みたい。

（黒田、通りから竹矢来越しに庭を見ながら登場）

黒田　これは、これは、ピューさんに、奥さん。……私、今から学校に出るところなんですが、我家《うち》の家政婦さん、我家に、その、通いで来てもろてるお手伝いさんから聞きました。お電話を下さったそうですね。

ロバート　ちょっとお入りになりませんか。折り入ってお話ししたいこともありますし……。別にお急ぎじゃないんでしょう？

黒田　ええ。それじゃ、お言葉に甘えてちょっとだけ……。（卜門から入ってくる）今年の夏は、ホントに応《こた》えますねえ。そうは思いはりませんか？

ロバート　こんな恰好でナンですが……

黒田　いえいえ、もう恰好やなんてそんなもん、どうぞ気にせんといて下さい。私かて先生みたいなしまりのある身体やったら、なんぼでも裸になって張り合いますけど。なにせこのみっともない身体ですさかい……

シンシア　お飲物は、何になさいます？

黒田　いえ、いえ、そんなお気遣いは要りませんよって。こんな日に、アルコールなんか体に入れたら、暑うて暑うてかないまへんさかい。

ロバート　それじゃオレンジジュースでも。
黒田　どうぞ、そんなお気遣いはもう。……ご迷惑ですよって。
シンシア　迷惑だなんて、そんなこと……（ト奥へ消える）
黒田　奥さんは、ほんまによう出来たお方です。いつも暖かこう迎えてくれはって。
ロバート　我家《うち》で遠慮は要りませんから。どうぞ、そこへお掛けになって。
（二人、ベンチに腰をかける。着物に古いパナマ帽姿の黒田は、帽子をぬぎ、それを団扇《うちわ》代わりにしてあおぐ）
ロバート　黒田さん、ヘンリー・ハンターっていう詩人をご存知で？
黒田　詩人のヘンリー・ハンター？……ええ、知ってますとも。もちろん知ってます。
ロバート　近頃じゃあの人も、本国のイギリスでより、ずっと外国で多く読まれているようなんですが……
黒田　実は私、ハンターの第一詩集を持ってます。今やあの詩集は稀覯本《きこうぼん》言うても差し支えない思いますけど、あの方がまだオックスフォードの学生やった時分に、ブラックウエルから出さはったもんです。
ロバート　残念ながら、詩についいちゃ、ハンターは学生時代の作品を越えることが出来なかったようですが、まあそれはともかくとして、そのハンターがね、再来週講演旅行でこの日本に来るっていうんですよ。

黒田　ええ、ええ、それやったら、私も承知してます。日本《こっち》のペンクラブ関係の記事で読みましたよって。

ロバート　なるほどね、そうでしたか。あの人ならね、黒田さん、われわれに手を貸してくれるかもしれませんよ。親友って言うほどじゃないですが、ハンターとは、二十年以上、付かず離れずの付き合いをしていましてね。

黒田　私らに手を貸してくれる、言わはりますと？

ロバート　あなたのイギリス行きを実現するために、一肌脱いで貰うんですよ。

黒田　ああ、そのことやったらピューさん、もうよろしいですよって。なんとか私をイギリスへ行かしてやろう言うてくれはるそのご親切には、重々感謝してますけど、私はそんな先生のお骨折りに値するような人間とちがいますさかい。

ロバート　何をまた弱気なことを！　僕は今日にでも、あの人に手紙であなたのことを頼もうと思ってるんですよ。ハンターは今香港ですが、日本に到着次第、あなたとの面会が実現するよう、取り計らいますからね。

黒田　そやけど、私みたいなつまらん人間のことで、あんな偉いお人の手を煩わせるいうのんはどうも……

ロバート　いえ、ご心配には及びませんよ。ハンターは、いたって世話好きな人間ですから、あの人ならきっとあなたの力になってくれますよ。何しろ、それは大変な影響力を持っているんですから。

黒田　なんぼご紹介に与かったかて、私みたいなぼんくら相手では、先方も失望しはるんやないかと、それが心配で。ハンターさんはきっと、私みたいなしょうもない人間のどこがようて、ピューさんがわざわざ自分と引き合わせたんかと、怪訝《けげん》に思わはりますよ。

ロバート　何を下らない！

黒田　そんでも、今まで生きてきた中で、自分に人を惹きつけるような魅力があるやなんて、ただの一度も思ったことはありませんよって。

ロバート　とんでもない。あなたには、とてつもなく大きな魅力がおありです。それは、あのハンターだって直ぐに気付きますよ。まあ見てらっしゃい。……それでですね、あの人とお会いになるとき、あなたがお持ちだと言った彼の第一詩集の初版本を必ず持参なさって下さい。ハンターに挨拶するとき、本にサインを頼むんです。

黒田　と仰いますと？

ロバート　そうすれば、相手はいやでも虚栄心をくすぐられますからね。

（シンシア、お盆にオレンジジュースの入った三つのグラスを載せて戻って来、そのうちの一つを黒田の前

に差し出す）

黒田　これはどうも、奥さん。恐れ入ります。……ところで、こちらの書生さんは、元気にしてはりますか？

シンシア　今、モンクスさんと、プールに泳ぎに行ってますわ。

黒田　モンクスさんと泳ぎにねえ。あの君も、ほんまに願ごうたり叶うたりの、ええ交際相手を見つけたもんどすなあ。こんなことは、言うまでもないことですけど、モンクスさんと付き合い始めてから、あの君の英語がどれだけ上達したことか。……ああ私には、あないして泳ぎを覚える機会はあらしませんでした。ほんまのこと言うて、私カナズチなんですけど、若い時分にあの娘さんみたいなコーチに出会うていたら、泳ぎの一つくらい、直ぐに身に付いたんと違いますやろか。どない思わはります？

（メイヒュー、門口に登場。カーキ色の、前襟の開いた、膝まで届きそうな半袖シャツにサンダル姿）

ロバート　（最初にメイヒューに気付いて）やあ、今日は、メイヒューさん。

メイヒュー　おや、これは先客ですか。ちょっと、折り入って相談したいことがあったんやが……いや、構わんよ、また、後で出直すから。

黒田　（立ち上がって）私、今お暇《いとま》しよう思ってたところなんです。どうぞ、こっちのことは、お気遣いなく。

シンシア　でも、黒田先生、このオレンジジュース、どうぞお召し上がりになって。折角、お持ちしたんですから。
ロバート　メイヒューさんも、どうぞこちらへ。一緒にジュース、上がって下さい。
メイヒュー　これはどうもご親切に。それにしても、これだけ暑いと、確かに喉もよく渇くねえ。
ロバート　（メイヒューに自分のジュースを渡しながら）さあ、どうぞ。
メイヒュー　これは、あなたのじゃ？
ロバート　ホントのところ、僕はこういうもの、あまり欲しくないんです。暑いからって水分ばかり摂ってると、ますます汗が出てくるでしょう。さあ、どうぞ、ご遠慮なさらず。僕は全然口を付けちゃいませんから。
メイヒュー　（渡されたジュースをごくりと飲んで）ついさっき、当家の書生君を見かけたよ。
シンシア　パムを誘いに、伝導団に出かけたんですわ。一緒にプールに行くとか言って。
メイヒュー　彼女にゃ、そんな風に早く仕事を切り上げてもいいとは、一言も言っちゃおらんのやけどね。まあ、早退《はやびき》ぐらい取るに足らんことかもしれんが、あの娘《こ》には、仕事にもっと熱意というものを持ってもらわんとね。（黒田に）黒田さん、あなた、彼女に週三コマ持たせているんですって？

黒田　そうです。モンクスさんは、よおやってくれてますわ。とっても信頼できるお人です。

メイヒュー　そりゃあ伝導団《うち》なんかより、よほど待遇がよいのと違いますか。教えるにしたって、こちとらにやって来る主婦や銀行員やその手の連中を相手にするよりか、大学生相手に喋っている方が、なんて言うか、その、刺激だってあるだろうしね。

（通りから聞こえる犬の声と人声を耳にして、全員門の方を振り向く）

パム　（舞台の陰で声だけ）もう大丈夫だから、心配しないで頂戴。

中野　（声だけ）直ぐに水を汲んでくるよ。とにかく、日陰に入らんと。

シンシア　（愕いて）あら、あの声は、あの子とパムじゃないかしら。

メイヒュー　そうみたいやね。

（中野、パムを支えながら登場）

中野　モンクスさん、バスん中で、すんでのところで気絶しそうになって。

パム　あたしがバカだったわ。自分の体が変調をきたしてるのも分からなくって。まだちょっと、おかしな気分……

シンシア　とにかく屋内《なか》へ。少し横になって休んだ方がいいわ。

ロバート　僕も混んだバスに乗っていて、気分が悪くなって倒れそうになったことが何度かあるよ。

パム　あっ、ああ……（とよろめく）ま、また、周囲《まわり》のものが、グルグル、グルグル……

（ロバートとシンシア、両脇からパムを支える）

ロバート　陽光《ひ》にやられちゃったんだね。

パム　こんなこと、今までにあったことが……

シンシア　あなた、そこの石段、あがれる？

（ロバートとシンシア、パムを支えて縁側に上げると、彼女を座敷に入れ、ソファーに横にならせる。中野、夫婦の後について行く。シンシア、その後奥へ入り、水と気付け薬を持って戻ってくる。中野はパムの傍に跪き、シンシアとロバートは、パムの処置をめぐってやきもきしている。

この騒ぎでの会話は、観客には聞こえない。暫くして、黒田とメイヒューが話し始める）

黒田　モンクスさんも、えらい災難どしたな。日本の太陽《おてんとさん》は、よう人を騙しまっさかいね。京都の空なんか、いつも霞がかかっているでしょう。そやよって、日射しのホントの強さいうのんが、分かりにくいんですわ。

メイヒュー　仰るように、日射しの強いせいであんなことになったのなら、まだいいんだが……。たとえそれほど丈夫じゃないにせよ、普通の若い健康な娘が、あんな風に目眩《めまい》をおこして倒れそうになるなんて、ちょっとねえ……

黒田　あの人は、こっちの日射しに慣れてなかったんですよ。

メイヒュー　彼女《あれ》はね、暑かろうが寒かろうが、週末になるとほとんど何時もヒッチハイクをして、あちこち飛びまわっていた人間なんです。あれは、天候のせいじゃない。こうなることは、ある程度予想がついてましたよ。まあ、この件についちゃ、多言しない方が無難でしょうな。とにかく、当座の間はね。

黒田　（相手の言葉に当惑して）仰っている意味がよう分からへんのですが、モンクスさんは、何か病気にかかっているとでも？

メイヒュー　いや、厳密に言えば、病気じゃないですよ。先生ね、たとえあなたのような独身の人だって、注意すべきだと思いますがね、ああいう若い女っていうのは、時たまあんな風にして気分が悪くなることがあるもんなんです。、普通には、そんなもの、ちっとも心配の要らないめでたいことなんやが、今度の場合、その、体調の悪いのが、めでたい話で済むかどうか、ちょっと疑問ですな。

黒田　（ついに相手の言わんとすることを理解する。メイヒューの言葉に動揺し怒りを覚えるが、これを決して表情に出さず、あくまで穏やかに）仰っておられることを、こちらが正確に理解しているかどうか、敢えて確認はしませんけど、何を考えてはるかは、大体見当が付きました。それでもメイヒューさん、率直に言わしてもらいますけど、どう思っても、嫁入り前の娘さんをつかまえて、そんな穿鑿《せんさく》しはるんは、あんまり品のいい話やない思いますがねえ。

メイヒュー 品がないって言ったたって、彼女《あれ》のことについちゃ、こっちの方が、多少はよく分かってますよ。あなたなんかよりはね。

黒田 それじゃ、私はこれでお暇《いとま》を。学校へ、行かなあきませんよって。

メイヒュー まあ、あなたを吃驚《びっくり》させたっていうか、ご気分を害したんだったら謝りますがね、私みたいな仕事をしていると、人間についちゃ、光の当たる明るいところだけじゃなしに、そういうものの当たらない、暗い部分も直視しないとあかんのです。

黒田 （動揺して）あのモンクスさんが……そんなこと、あり得へん、あり得へんことです。

メイヒュー 今の若い連中なんて、何をしでかすか分かったもんじゃない。あり得ないことなんて、それこそあり得ませんよ。

黒田 （縁先まで行き、声を高くして）ピューさん、お取り込み中のところ、えらい済みませんけど……

（ロバート、縁側に現れる）

ロバート どうなさいました、黒田さん？

黒田 私、あの、勤めがありますよって、これで失礼します。ジュース、ごちそうさまでした。奥さんにも、宜しゅう言うといて下さい。

ロバート　あっ、そうですか。じゃ黒田さん、ヘンリー・ハンターとの面会の件、しっかり頼みますよ。あの人の講演が終わったら、一緒に夕食を摂るってことで、宜しいですね。……ヘンリーと会食するからって、そんなに愕くことはないでしょう。こりゃあ、またとない、絶好の機会になりますよ。（黒田を門の方に案内しながら）それから、もう一度念のために言っときますが、当日は、あの人の第一詩集、絶対忘れないようにして下さいね。なにしろあれは、滅多に見られない、それは値打ちのある本なんですから。そんな貴重なものを大切に持っている日本人がいると知ったら、ヘンリーが感激することはもう請合いです。

黒田　私のことばかり心配してもろて、あの、モンクスさん、大丈夫でしょうね。

ロバート　ええ、今横になって休んでますが、特に心配することはないと思います。

黒田　（前の通りに出て行きつつ）それを私も、私も何より願ってます。（退場）

メイヒュー　あの教授先生を吃驚《びっくり》させたかもしれんね。

ロバート　と仰ると？

メイヒュー　何ね、パムの気分のすぐれないホントの理由《わけ》を、私なりに推測して、あの人に言ったのさ、やんわりとね。

ロバート　推測？

メイヒュー　あんただって、多分、こっちと同じようなことを考えているんやないの？　もちろんこういう場合、早合点は禁物だが、当人の体調をしっかりと見守ると同時に……

ロバート　同時にあなたは、万一のことも考慮して……

メイヒュー　あの可能性を全く排除して考えるのは、逆に軽率のそしりを免れんと思うね。結局、最後にモノを言うのは事実なんだ。私らは、それから目をそらせるわけにはいかないよ。あんたは別に、世俗を離れて暮らす坊主やないし、正直言うとね、今日ここへ来たのも、こういう話を、ズバリあんたとするためだったんだ。（トむき出しの膝をたたく）ほんまにしつこい蛹《ぶよ》やな。血なんか、誰が吸わせたるかい！

ロバート　こういう話って？

メイヒュー　あの若い二人のことさ。……あんたねえ、あの連中、この頃ちょっとやり過ぎや思わんかね？

ロバート　やり過ぎって、どこがです？

メイヒュー　これは、あくまでこっちの勘やけどね、二人の関係は、いずれ悲しい涙の結末を迎えるんじゃないの？　パムがああして体調をくずしたことから見て、その終わりは、もう始まったと思うけどね。（ベンチを指さして）まあ、ここにかけて話そうやないの。

（二人、ベンチに腰を下ろす）

ロバート　パムとあの子が何をやろうが、それはあくまで当人同士の問題でしょう。傍《はた》からとやかく言うことじゃ……

メイヒュー　そんなことで、果たして済むんだろうかね？（ロバートの顔を凝視するが、相手は応じない）じゃあんたも奥さんも、あの連中が何をやっても、見ているだけってことかね？

ロバート　口出しはしませんよ。当人たちが、自分の責任でやっていることですから。

メイヒュー　ホントかね？

ロバート　信じる、信じないは、そちらの勝手です。

メイヒュー　もし私があんたの立場やったら、――つまりこっちの言いたいのはね、あの二人を好き勝手にさせておくなんて、ちょっと無責任じゃないかってことなんだよ。率直に言わせて貰うとね。

ロバート　僕たち夫婦は、大人になった人間のすることに、いちいち口出ししない主義でしてね。

メイヒュー　それでもね、あの子にとっちゃ、あんたは父親みたいなもんでしょう。自分たちの子供として引き取ったと言っても過言じゃない。あの連中に対するあんたの態度を見ていてね、正直思ったもんや、本当なら、あんたもあんたの奥さんも、あの子らのちょっと感心できん、ゆがんだ関係が、取り返しのつかないことにならないよう諫めなきゃならん立場なのに、諫めるどころか、ほとんど火に油を注ぐようなマネばかりしているとね。（反論しようとするロバートに）いや、それはもちろん、あくまで無意識に、ということやけどね。

ロバート　僕も女房も、あの子たちのすることに、水を差そうとしたことも、油を注ごうとしたことも、一切ありませんよ。大人が自分の主義でもってすることに、他人は一切干渉しないってのが、僕たちの考えですから。

メイヒュー　こっちだって、カラスの勝手なんていう態度がとれたら、どれほど気楽か分かりゃしない。でも、残念ながら、私にそんな態度はとれるもんじゃない。こっちにゃ、パムに対する責任があると思ってるんだ。なんてたって、あの娘《こ》はまだ二十歳そこそこなんやから。それにね、私はやっぱり、あのトンマで田舎者の書生君にも責任があると思っている。でも、私が別けても重い責任を感じているのが伝導団や。

ロバート　伝導団のことなんて、こっちの知ったことじゃありませんよ。

メイヒュー　それはご挨拶やね。
ロバート　別に、あなたの伝導団にケチをつけようというんじゃありません。でも僕や女房に、伝導団のことを持ち出されても困りますよ。
メイヒュー　ピューさん、仰ることはごもっとも。でもね、私はそうはいかない。私には、責任という字がついてまわるんだ、どこまでも、どこまでもね。
ロバート　あなたの立場からすれば、そりゃそうでしょう。
メイヒュー　あるいはご存知かも知れんが、あの二人についちゃ、色んな悪い噂がたっているんだ。多くもない信者がね、色々言ってくるんだよ。いや、もちろんその人たちに、悪意や恨みがあるわけじゃない。けど、日本《こっち》の信徒の中にはね、あの君が、明け方早くにパムの下宿を出るところを度々見た、なんて言う女の人までいるんやよ。彼女の向かいに住んでいるそうなんやが、とっても信頼できる、いたって心の寛《ひろ》い人物だ。
ロバート　その心の寛くて真面目な女性信徒さんが、そんな朝早くに、窓から偶然、何度も何度も、あの子の姿を見たって言うんですか？
メイヒュー　その女性《ひと》は日赤に勤める看護婦さんで、夜勤があるんやよ。彼女の話に、悪意なんてものは、露ほども感じられないね。私にしたってそうだが、その女性《ひと》はね、パムのことを心底心配しているんだよ。教会の仕事に携わる人間に、醜聞の立つようなことは、あっちゃならんからね。

ロバート　そんなことは、僕の知ったことじゃありませんよ。

メイヒュー　これがあの娘だけのことなら、そういう言い訳もできるだろうさ。でも実際はそうじゃない。あんたは、あの世間知らずの坊主を監督する義務があるとは思わんのかね。

ロバート　あの子に、監督は必要ありませんよ。

メイヒュー　いや、大いにあるね。あの子は元々単純で、心根の優しい子やった。田舎出のね。無邪気で、木訥《ぼくとつ》で、慎ましくて、……女のことなんて、これっぽっちも関心がなかったよ。

ロバート　そんなことはないですよ。あの子はパムと出会う前から、女性ってものに強い興味を示してました。それぐらい、あなただって、お分かりのはずだ。

メイヒュー　パムって娘《こ》はね、そこいら辺の人間とは、全くもって人種の違う女なんだ。こっちはね、彼女《あれ》がうちの伝導団に着いて直ぐから、不審に思ってたのさ。本部はまたなんだって、あんな女をこっち《よこ》へ派遣したのかってね。そう、あの娘《こ》は、確かに賢くて心の優しい女だよ。まあ時には無思慮なことやヘマなことをするにしたってね。しかし問題は、あの娘《こ》が根本的に、宣教師としての適性を欠くってことさ。彼女《あれ》の信仰は形だけのもので、魂が入っちゃいない。

ロバート　それは彼女に限ったことじゃないでしょう。聖職者と称する大方の人間が……

メイヒュー　ほう、こらまた大胆なことを……。あのパムのことで厄介なのは、——まあ、この際やから忌憚のないところを言わせて貰うと、彼女《あれ》は、ほんまに男にだらしがない、いうことよ。日本《こっち》に来てからだって、男をとっかえひっかえしておるんやから。場合によっちゃ、二股も三股もかけたりしてね。

ロバート　彼女みたいに若くて可愛い娘《こ》なら、多少の男友達がいたところで、何の不思議もないでしょう。

メイヒュー　言ってることは分かるけどね、問題は、彼女《あれ》の、男たちとの交際《つきあい》の内容やよ。あの書生君の場合についちゃ、モンクスが親しくしている別の、少なくとも二人の男と同じように、明らかに守るべき一線を越えている。

ロバート　おやおや、あなたと話していると、まるで何世代も前の年寄りを相手にしているみたいだな。

メイヒュー　私は、自分の抱いている道徳観念が、必ずしも時代遅れだとは思わないね。必ずしもね。……あんた、あいつらを自宅《ここ》に二人切りにして、南座へ歌舞伎を観にいった夜のことを覚えておるやろ。

ロバート　ぼんやりとね。

メイヒュー　ぼんやりどころか、こっちははっきり覚えているよ。あるいはご記憶かもしれんが、あの夜は大変な大雨で、たまたま私は、この家に雨宿りに来たんや。その時、はっきり悟ったことだが、あの頃、あの早い時期にもう、二人の仲は、若人《わこうど》が異性と交際《つきあ》う折りに守るべき一線を、遙かに越えておったよ。あれから私自身、彼らについちゃ、色んな場面に出喰わしたし、噂も随分耳にしたもんや。

ロバート　繰り返しますが、仰っていることは、僕の全く関知しないことです。女房だってそうですよ。

メイヒュー　そうかい、分かったよ。（立ち上がって）今度の件で、あんたの方に、あの世間知らずの坊主に対して、親の責任みたいなものを果たすつもりが全くないってことになると、二人がこれ以上暴走しないよう諫めるというようなことも、全然期待できんということやな。

ロバート　僕は、これまでそういうお節介をしたこともないし、これからだってするつもりはありません。

（二人、一瞬睨みあう）

メイヒュー　（門の方へ歩きながら）まあ、あの娘の症状に、医者がどんな診断を下すか見物やね。（ロバートの方を振り返って）ああ、そうそう、言うのを忘れていたが、私の方は、ロンドンの伝導団本部に、パムについての年次報告書を送ったところでね。それにはもちろん、今あんたに話したようなことをはっきり書いたわけじゃないが、彼女はこの種の仕事に適性を欠くのでは、ということっちの気持は単刀直入に申し述べておいたよ。

ロバート　そりゃあなかなか慈悲深いことで。

メイヒュー　生憎《あいにく》、私はこういうことで、あんたやあんたの奥さんみたいに、寛大になれない性質《たち》でね。

（メイヒュー退場。ロバート、考え込みながらベンチの所に戻り、がっくりと腰をおろす。座敷では、パムがまだソファーに身を横たえており、中野はその傍に付き添っている。編み物をしながら座敷の椅子に腰かけていたシンシアが立ち上がる）

シンシア　あなた、何か召し上がった方がいいわ。一緒にお昼を頂《いただ》きましょう。

パム　どうも有難う。

シンシア　お昼って言っても、冷肉とサラダとチーズだけの簡単なものだけど。

パム　おいしそう。

中野　奥さん、何か、お手伝いすること、なかですか。

シンシア　いいえ、結構よ。パムの傍にいてあげて。わたし、ちょっと支度してくるから。

（退場）

パム　よりによって、こんな近所で、気分が悪くなるなんて！　こんな所、来るんじゃなかったわ。

中野　なして、そげんことを？

パム　あなた、あの女《ひと》が、編み物をしながらどんな目つきでこっちを見てたか、気付かなかった？　まるで般若にでも見つめられているようだったわ。ねえ明チャン、あなた、何でこんな家でハウスボーイなんかしてるの？

中野　ピューさんも奥さんも、親切やけん。それに、お金も要るとよ。

パム　月に五千円ぽっきりでしょう。あなたの仕事の中身からいったら、安すぎるんじゃないの？　世間の話じゃ、あの二人、大分持っているみたいよ。もちろん、ダンナのお給料は別にしてね。あの女のお父さん、大きな会社の社長だったんでしょう？

中野　大会社の社長ってことはなかとよ。画商って聞いちょるけど。

パム　あら、画商って、とってもお金、持ってるのよ。……あの二人、あたしのこと、何か話してる？

中野　君のこと？

パム　そう。もう、気付いてるんでしょう。

中野　そげんこっあ、なかよ。
パム　嘘つき！　あたし、あの女《ひと》がこっちのこと、何か嗅ぎつけてるの、分かってんだから。あの手の女は何時だって……。あなた、あの二人にあたしのこと、何か喋って？
中野　（躊躇《ためら》いながら）いいや、そげんこつ……
パム　ホントに何も喋ってない？
中野　もちろんたい。そげんこつば、するはずはなかよ。
パム　あのね、明チャン、あなた、よく気を付けなきゃダメよ。西洋人の、特にこういう場所《ところ》にいる人たちのゴシップって、そりゃあスゴイんだから。あの二人は、伝導団に出入りしている人間をみんな知ってるわ。あそこに、こっちのことに目を付けて、色々陰口なんか言う人が出てきたら、大変なことになっちゃうのよ。もしあの人たちの誰かが、今あたしが（ト中野の方に体をあずけて）こうして、こうして、こうしてあなたにキスしている現場を押さえたら、直ぐにイギリスに送り返しちゃうわ。
中野　分かっちょるよ。ばってん、僕たちのやっちょるこつ、そげん悪かことね？　悪かことね？
パム　あの人たちにとっちゃ、悪いことなのよ。メイヒューのおやじなんて、性道徳の低下がどうしたこうしたって、何時もぼやいているわ……。だから、ねえ、明チャン、お願いだから、あたしたちのこと、秘密にしててね。絶対、絶対もらしちゃダメよ。分かった、明チャン？

中野　そげん言わんでも、分かっちょるばい。

パム　そう、日本人て、下らない噂話にうつつを抜かさないから助かるわ。それが、あなたたちの好きなところの一つよ。……。ねえ、明チャン、お昼ご飯がすんだら、すぐにあたしの下宿に帰ろうよ。ここに長居するのはイヤだわ。

中野　よかよ。

パム　この家にはね、よく分からないけど、何だか気になる雰囲気があるのよ。ホントは人が言ったりしたりしたくないようなことを、無理にでもさせてしまうようなある雰囲気がね。あなた、そんなこと、感じることない？

中野　（当惑して）よう分からんけど……

パム　それってね、伝導団に流れている空気なんかより、もっと始末の悪いものよ。それだけは、はっきりしている。あたしには、よく分かるの。……明チャン、あなた、あたしがこんな風に気分が悪くなるなんてこと、思ってなかったでしょう。ちがう？

中野　な、なんやて？

パム　いいえ、何でもないわ。（ト青年の髪をなでる）気にしないで、明チャン。

中野　きっと君、ホントにどこか体に悪いところがあるとよ。お医者さんに見せたほうがよか。

パム　そうね。多分明チャンの言うとおりよ。（ト立ち上がって、シンシアに叫ぶ）シンシアさん、あたし、何かお手伝い、しましょうか？

（パムの声が響くなか幕が降りる）

五（第二幕第三場）

六週間後。暑さの盛り。幕が上がると、パムが庭のベンチに一人前方を見ながら坐っている。吠え始めた隣家の犬に、彼女が門の方を振り向くと、黒田登場。

パム　皆さん、お留守だと思いますけど。

黒田　ああ、これはモンクスさんでしたか。今日は。毎日暑おすなあ。けど私にしたら、嬉しい驚きです。ここで、あなたにお目にかかれるやなんて。

パム　あたし、さっきここに着いてから、シンシアさんが今日、病院で検査を受けるって仰ってたの、思い出したんです。きっと明チャン、彼女を車で病院、連れてったんですわ。

黒田　（パムの傍に腰をかけながら）私ね、今日はちょっと、ピューさんにお詫びに上がったんです。実は昨日の晩、ハンター氏の講演の後、氏を交えて三人で夕食を摂る手筈を整えてもろうてたんですけど、ちょっと体調を崩してしもて、講演会にも料亭にもうかがえませんでしてね。

パム　昨日の晩、体調をくずされたって、……でもあたし、たしか銭湯の帰り道、先生をお見かけしたように思うんですけど。

黒田　（その言葉に狼狽して）なに、あれはちょっと、夜風に当たりに行ったんですよ。どんだけ少ししか風が吹いておらんでも、外気に当たれば、少しは気分もよおなるんやないか、思いましてね。

パム　今はご気分も、すっかりよろしいようで。

黒田　ええ、お蔭さんで、すっかり元の気分に戻りましたわ。そう言うたかて、年寄りのことやさかい、若い人みたいなことはありませんけど。……ところでモンクスさん、あなた、近々この京都を離れはるとかいうて聞きましたけど、それ、ほんまですか？

パム　近々って言うより、今日お別れしようと思います。

黒田　今日発ちはる、ですって！

パム　ほんとは来週の予定にしてたんですけど、京大に留学しているアメリカ人の友達が、東京までジープで行く用事があるから、よかったら乗っていかないかって言ってくれたものですから、彼らと一緒に行くことにしたんです。それで、こちらにも、一応ご挨拶をと思って。

黒田　そらまた残念ですね。それで、休暇が終わったらまたこっちへお戻りになるいうことは？

パム　いいえ、そういうことはありません。伝導団は、あたしを解雇しましたから。

黒田　それはとんでもないことに……。ですけど、あの、もしあなたがこちらへ戻りたいいうお気持を持ってはるんやったら、大学の方で仕事を続けていただけるよう、お取りはからいできる思いますが……。そら私ら、モンクスさんのお仕事ぶりは、よう承知しておりますさかい。あなたには、ほんまに教育者の素質がおありや思てます。

パム　それって、メイヒューさんが、一番あたしに欠けているって言ったものですわ。

黒田　モンクスさん、もう一度この京都に戻ってくることを、お考えになりませんか？……別に気休めやなしに、あなたのような方やったら、間違いのう、絶対に、ウチで常勤の口をお世話できる思うんですけど。

パム　ご好意はとっても嬉しいんですが、今回はどうしてもイギリスへ帰らなくちゃなりません。戻ったら直ぐ、またそこで数カ月、手のかかることが待ってますから。

黒田　何か、新しいお仕事にでも就きはるんですか？
パム　ええ、仕事っていうか……。（衝動的に）あたし、赤ちゃん、生むんです。
黒田　どういうことですか？
パム　どうせみんなに分かっちゃって、もう隠す必要もないことですから。詳しい経緯《いきさつ》は、直に、メイヒューさんかこちらのご夫婦が明らかにしますわ。
黒田　でも、それは、あなたにとっては一大事、さぞご辛労や思います。
パム　いいえ、同情していただくようなことじゃありませんわ。他の方のことは存じませんけれど、あたし、自分のことを、哀れだなんて思っちゃいません。本当です。
黒田　でも結婚は、なさるんでしょう？
パム　そういうことは、ないと思います。少なくとも、生まれてくる赤ちゃんの父親とは。
黒田　でも、それでは、大きな過ちを犯すことになりませんか？
パム　過ち、ですって？　どうしてそんな風に？　あたしは既に、一つ過ちを犯しています。この上お腹《なか》の赤ちゃんの父親と結婚して、さらなる過ちを犯すような愚かなマネは出来ませんわ。そうじゃありません？
（黒田、大きく息を吸い込む。その後、二人黙ってベンチに坐っている）
パム　あたしの言うこと、常識はずれですか？

黒田　さあ、私には何とも……

パム　正直言って、あたし、子供の父親に当たる人のこと、愛しちゃいませんの。とんでもないことを言う女だってお思いになるかも知れませんけど、事実は事実ですもの。あ、あたし、愛せないんです。それが出来たらどんなにいいか、どんなに楽かって思いますわ。

黒田　でも私はてっきり、あなたは彼のことを愛していると思ってたんですけどね。

パム　彼って、誰のことを……

黒田　父親です、中野君のことですよ。

パム　先生はそのこと、ご存知でしたの。あたしなんかが思ってたより、先生はずっとよく、ご自分の周囲《まわり》で起こっていることをご存じですのね。

黒田　私はね、あなた方は、心から愛し合っているもんやとばかり思ってたんです。

パム　今はもちろん、彼の立場をあたしの口からとやかく言うことはできません。ですが、自分の気持としては……

黒田　仰りたいことは、分かるつもりです。

パム　ジョージ・エリオットの『ダニエル・デロンダ』の中の女主人公グウェンドレン・ハーレスは、自分をこういう窮地に追いやるんでしたかしらね。あたし、一度あの作品、じっくり読んでみなきゃって思っているんです。

（通りで、車のドアのバタンと閉まる音。つづいて、犬の吠え声。それから、「そっちをロックするの、忘れないでね」というシンシアの話し声につづき、「急げば、七時の汽車に間に合う思います」と言う中野の声）

黒田　皆さん、お帰りになったようですね。

パム　ええ、そのようですわ。

（シンシアと中野登場）

シンシア　あらパム、今日は。まあ、黒田先生も。

黒田　奥さん、お留守にお邪魔しています。私はほんまに、望まれもせんのに、しょっちゅう出回る迷惑な贋金みたいな人間でして。

シンシア　でも昨夜に限っては、その度重なる先生のお出ましもなかったようで。ロバート、そりゃあおかんむりでしたわ。

黒田　そうですか、それは弱ったことになりました。折角のご好意を無にしてしまって、誠に相済まんことでしたが、こちらも、どうしようもなかったんです。ちょっと体の加減が悪うなりましてね。夏になると私、いつも腹具合がよおないんですわ。

シンシア　あら、そうでしたの。でも、そのこと、ちゃんとあの人に説明して下さいませね。

黒田　こちらへは、そう思って伺ったんです。ご主人は、お留守で？

シンシア　ちょっとした会合に出ておりますの。でも、もうじき帰ってくると思いますわ。わたしもさっき、病院で散々な目にあって、上がって冷たいものでもいかがです？　自宅《うち》で一息入れたいと、やっとの思いで帰ってきたところですの。

黒田　いえいえ、どうぞもう私のことはお構いなく、そんなお疲れの時に……。ご主人がお留守やいうことでしたら、また出直して参ります。一つ二つ、ちょっとした仕事が残ってるもんですから、それを済ませてから、もういっぺん出てきます。

シンシア　そうですか。それじゃまあ、先生のご都合の宜しいように。

黒田　（パムの方を向いて）モンクスさん、それではあなたとは、ここで暇乞《いとまご》いいうことにさせてもらいます。ほんまやったら、学校で送別会でも開いてあげたいんやが、それも叶わずで、えらい名残惜しいですけど、どうぞお達者で……

パム　あたし、送別会だなんて、堅苦しいことは嫌いです。

黒田　そうですか……。ほな、今度いつお会いできるや分かりませんけど、再会する日の訪れることを期待しています。

パム　そうですね、今度はぜひイギリスでお目にかかれたら嬉しいですわ。

黒田　そんな夢が叶うかどうか、甚《はなは》だ心許ない気がしますけど、ともかく、未来に対して、あなたのご清福をお祈りしています。さあ、お別れは握手でいきますか、それとも、こちらの習慣にならってお辞儀で……

パム　いいえ、今日はそういうのじゃなくって、キスをさせて頂けません？

（パム、黒田の傍により、相手の額に口づける。黒田、すっかり狼狽する）

黒田　（パムが口づけた所に手の甲を宛てがいながら）有難う、モンクスさん、本当に有難う。

（門を出て行く）

シンシア　（パムに）まあ、あなた、あの先生のおでこにキスなんかしちゃって。一体、どういう心境の変化？　わたし、あの人があんなにドギマギしたところ、初めて見たわ。

パム　あれで黒田先生、あたしのこと、何時までも忘れないでいて下さるんじゃないかって。

シンシア　それは、間違いなさそうね

（シンシア、屋内に入り、座敷を通って奥の部屋に入って行く）

パム　あたし、お別れに来たの。

中野　でも僕、お別れを言うのは、駅に見送りに行くときがええ思っとったんやけど。

パム　ええ、分かっているわ。でも実はね、あたし、今日発とうと思うの。

中野　えっ、今日？
パム　ラリーとボブとフランクと一緒にジープでね。
中野　君と一緒に行けたらええんやけど……。でも、なして、そげん急に？
パム　ねえ、明チャン、あたしたち、話すべきことはみんな話したじゃない。
中野　僕、出来ることなら、学校ば辞めて、旅行会社で添乗員ばしたか。ジャパン・エクスプレスゆう会社に友達がおって、そいつの言いよるんには、人手不足なんじゃと。
パム　今度のことは、お金の問題じゃないの。それならどうにでもなる話よ。そうじゃないの。そんなことじゃないのよ。これ以上あなたと一緒にいたら、あたし、あなたの人生、ダメにしちゃうわ。今ならまだ間に合うかも知れないでしょう。
中野　（ゆっくりと）君は僕の人生ば変えたとよ。こっちをダメにしたなんて、とんでもない。そんなこっあ、なか。
パム　お願いだから、明チャン、あたしの言うこと分かって。ねえ、明チャン、お別れよ。
……いつまた会えるか知れないけれど、これでお別れ。さようなら。
（パム、中野の傍により、相手の唇に軽く口づける。中野、彼女をきつく抱きしめようとするが、パムは優しく相手の体を押し返す）
パム　ダメよ、明チャン、もう、そんなことはしない方がいいわ。

中野　イギリスに帰ったら、手紙、くれるね。赤ん坊の様子も知りたかよ。
パム　（一旦門の方に向かうが振り返って）いいえ、明ちゃん、（穏やかに）あたし、あなたに手紙は書かないわ。その方がいいのよ。きっとそうに決まっている。（中野の肩に手を置いて）悪かったのは、あたしよ。あたしの考えが間違っていた。だから、起きてはならないことが、起きちゃったの。だから、あたしのことは、もう忘れて。早く忘れて頂戴！
（パム、門から出て行く。中野は佇んだまま。ややあって、パムの後ろ姿を目で追いながら、その名を呼ぶ）
中野　パム！　パム！（観客に背を向け、竹矢来の突き出た先をつかんでパムの名を呼ぶと、その手に頭をたれるが、そのうち通りからの聞き慣れた足音に、姿勢をただす。ロバート、登場）
ロバート　今通りを走っていったの、パムじゃなかった？
（中野、黙ったまま返事をしない。ロバート、中野を凝視する）
ロバート　どうしたんだ、何があったんだね？
中野　あ、あの人、お別れば、言いに来たとです。
ロバート　なるほど、そうだったのか。気持は察するよ。
（ロバートは中野の肩に手を置こうとするが、相手はそれをかわすようにして、家の中に走り去る。ロバートは誰もいない座敷に上がると、折りカバンを置き、汗で濡れた上着を脱ぎ始める。それから扇風機のスイッチを入れ、魔法瓶のところに行ってコップに中の水を注ぎ、それを一気に飲み干す。そして一息ついたところで、奥の部屋に向かって声をあげる）

シンシア、シンシア、いないのかい？

（シンシア、軽いガウン姿で登場）

シンシア　わたし、ちょっとの間も、横になって休ませちゃもらえないの？　何かご用？

ロバート　診察の結果が気になったもんだからね。それで、お医者さんは何て……？

シンシア　今日は一人じゃなくって、そりゃあ大勢のお医者様のお世話になったわ。でも診察が終わっても、誰も何とも言ってくれやしない。これでもかっていうほど怖い検査をいっぱいやっておいて、それでもまだし足りないようなのね。この暑い夏中残りの日全部検査に当てて、こっちの体を弄《もてあそ》ぶつもりじゃないかしら。

ロバート　それは、大変な目にあったね。

シンシア　ああ、それはそうと、ついさっき、黒田さんがお見えになったわよ。昨夕《ゆうべ》のお詫びにね。急に体調が悪くなったんだって。

ロバート　ハンターのことでなら、詫びの一つや二つで済まんよ。あの人は、お蔭で、こっちの面目が丸潰れになったってことを、よく承知だろうからね。……ところで君、さっきパムが来なかった？

シンシア　ええ、来たわよ。
ロバート　君に、さようならって？
シンシア　いいえ、特にわたしには。
ロバート　僕にも、何も言わないんだ。今も表の通りで出喰わしたけど、黙ったままで通り過ぎちまった。あの様子だと、こっちを離れるのは、来週じゃなくて、今日だね。
シンシア　でもあの女《ひと》の決心、見上げたものだわ。
ロバート　いや全くだ。結局のところ、日本《こっち》で子供を堕胎《おろ》すにゃ、少なく見積もっても五ポンドはかかる。設備の整っていないところでだって、十シリングは要るんだからね。……彼《あれ》の方もオロオロしているみたいだった。
シンシア　そう、仰るとおり。今日も病院で検査を待つ間、こっちの傍に坐っているときだって、一言も口を利こうとしないの。もうすっかりしょげ込んじゃって。冗談一つ言える雰囲気じゃないのよ。
ロバート　彼《あれ》のことじゃ、僕たちにも責任あるね。
シンシア　おおありだわ。あのいやらしいメイヒューにだってね。わたしたちみんなに責任があるわ。……もちろん、パムもそう。
（黒田、「ご免下さい、ご免下さい」と言いながら、庭に入ってくる）

シンシア　あら、黒田さんだわ。（ソファーに身を横たえて）わたしがこんなガウンを着て、こんなところに横になっているのをご覧になったら、吃驚《びっくり》なさるかしらね。

ロバート　（縁側に向かいながら）そんなはずないよ。

シンシア　でもあの方、何でも、直ぐに吃驚しちゃうから。

ロバート　おや、これは黒田さん、随分早いご回復ですね。

黒田　（座敷に上がりながら）ええ、まあ、なんとか。ご心配いただいて恐縮です。……それより、昨夕《ゆうべ》は折角のお招きをふいにしてしまって、誠に申し訳ないことを致しました。どうぞお許し下さい。先ほど奥さんにもお話ししたんですが、急に体の具合が、悪なってしもて……

ロバート　でも、今日は調子がよくなった……？

黒田　え、ええ、もう心配要りません。大丈夫です。どうも昨日のお昼、年甲斐もなく食べ過ぎたんやろ思います。そやのうても、こういう暑い時期になると、私、いつも胃腸の具合が悪うなるもので……。でも、まあ、お蔭さんで、随分マシになりました。もうこれで、全快した言うてもいいぐらいです。実際、私ぐらいの年齢《とし》になると、これ以上の回復を望むのは無理や思います。それにしましても、昨夕はホンマに申し訳ないことを致しました。折角お骨折り頂きましたのに、ご期待を裏切るようなことになってしもて……

シンシア　ホントに勝手な人ですよ、先生は。

ロバート　女房の言うとおりです。何としてもあなたをイギリスに行かせて上げようと、僕があんなに頑張ったっていうのに。……で、もしこれからヘンリーに面会となると、明朝八時半までじゃないと無理なんですよ。

黒田　八時半ですか……

ロバート　九時には空港に行ってなきゃなりませんのでね。

黒田　折角ですけど、そんな早い時間に、あのお方のところに押しかけるやなんて、そんな厚かましいことは出来しません、とてもやないですけど……。ご期待に添えんと、えらい申し訳ないですけど、ハンターさんとのことは、この際諦めよう思てます。

シンシア　先生、お会いになれば、大きなチャンスが生まれるかも知れないんですよ。

ロバート　会えば、ヘンリーは一肌脱いでくれるかも知れない。いや、きっとそうしてくれる。そりゃああなたに会わなくたって、あなたのことは色々話してありますから、何か力になってくれるってことは、可能性としてはある。でもやはり、直接面識があるのとないのとでは、大違いだ。ヘンリーに会わずに、あなたのイギリス行きが叶う見込みは極めて少ない。

黒田　ええ、そのことは、よく承知しているつもりです。もちろん、非のあるのは私の方で……

シンシア　先生は、イギリスに、お行きになりたいんでしょう？

ロバート　そうじゃないんですか？

黒田　さあ、そこのところが……（ト深く息を吸い込む）

ロバート　あなたの態度を見ていると、結局のところ、本気でイギリス行きを望んではいない、という結論を下さざるを得ませんね。違いますか？

黒田　行きたかったんですよ、昔は。いや、本当に行きたかったんです。

ロバート　どうして、昔は、なんて言うんです。もう今は、行きたくないとでも言うんですか？

黒田　ピューーさん、それは……

ロバート　あなたの気持は、揺らいでいますね。

（沈黙の後、黒田頷く）

黒田　仰る、あなたの仰るとおりです。イギリスの地を踏むことについて、この心が揺らいでいるのは確かです。……私はとても心配なんですよ、昨今のイギリスに、自分がほんとに見合う人間なんやろかって。そのことが、どうしても引っかかるもんでしてね。

ロバート　それだけでしょうか？
黒田　と仰いますと？
ロバート　それより、むしろあなたは、現在のあなたに、昨今のイギリスが本当に見合う存在なんだろうかと、ご懸念なさっているんじゃないんですか？
黒田　どういう、ことでしょう？　私には仰っている意味が……
ロバート　いや、あなたには、お分かりのはずですよ。
黒田　（長い沈黙の後、いかにも気落ちし、当惑したように）そ、そうです。今仰ったことも事実です。さすが鋭い眼力《め》をお持ちや。でもピューさん、私がそんな人間やいうて、どうぞ、どうぞ幻滅したり、憤慨したりせんといて下さい。
シンシア　どうしてわたしたちが、そんなことをしなきゃいけませんの？
黒田　それでも、私みたいなやり方は、お二人には、甚だ無礼で恩知らずなもんに映るんやないかと……
ロバート　あなたがそんな人間でないことは、この私が一番よく知ってますよ。
黒田　イギリスのことが、何より好きやいうのはほんまですけど、ご承知のように、私は、その、どう言うたらええか、自分のイギリスを持ってます。そんな場所《ところ》に籠もっているのを見ては、友達なんか、しょっちゅうからかったりしますけど、私にとってこのイギリスは、掛け替えのないものなんです。けど、もしあなたの働きかけが実って、実際彼方《あちら》へ行けたとして、私は果たして、その果てしない、地球の反対側の国に、自分の求めているものを見つけられるでしょうか。……もちろん初めは、見つかる、見つけられると思ってました。ですけど、あなたのご好意やご尽力によって、それが、イギリスがだんだんこちらに近づいて来るにつれて、その、私は、徐々に自信が持てんようになってきたんです。（急に言葉を切って）自分のためにひたすら尽くしてくれたお方の前で、こんなことを言うのは、礼儀知らずも甚《はなは》だしいとは思いますけど……

シンシア　恩知らずだなんて、そんなこと……。お気持は、分かるような気がしますわ。

黒田　私の言うことを、当てつけがましいとか、恩知らずやとか、どうぞ思わんといて下さい。あなた方とご一緒したこの何カ月間か、お二人と特別に共有できたこの何カ月間かを、私は、そう、とっても素晴らしい、自分にとっての、ある種の感情教育やったと思てます。……いや、ピューさん、どうか笑わんといて下さい。私は決して冗談でこんなこと、言うてるのやないんです……。でも、でも……（言葉を続けるのを躊躇う）

ロバート　分かりますよ。ものにはすべて、例外というものがあるものです。

黒田　お二人とのお交際《つきあい》を通して、私は実に沢山のイギリスを知り、ただ書物を通じてやなしに、現実の西洋人の暮らしいうものを、直《じか》にこの目で見ることが出来ました。あなたが私に紹介してくれはった人たちは、皆それぞれに、これぞ誠のイギリス人という方ばかり。こんな言い方をして、どうぞ私があの人たちを批判しているなどととらんといて下さい。

シンシア　批判だなんて、そんなこと。そんな風に仰って下さって、わたしも嬉しいですわ。

黒田　こちらが、お国の人のことを不愉快に思っているなどということは、一切ありません。奥さん、これはウソと違います。……ですけど、その、あの人たちは、私がほんとに想像していたとおりの人間、というわけではありませんでした。ほんの少し、ほんの少しだけ、違ったところがあったんです。そのことで、私は少し慎重になりました。お二人の友人を通してかいま見たイギリスの現代事情というものが、こちらに些《いささ》か警戒感を抱かせた、と言いましょうか。私は、昨今のイギリスをそのまま肯定しようとも思わなければ、それを過去のイギリスと、また現在の日本と比べて、別段劣っているものとも思いません。ですが、それは、私の魂《こころ》の中に息づいているものやないんです。そのことに、こちらが気付いてしもた、というわけで……。こんなことを言うてる自分が、どれほど愚かかいうことは、充分分かっているつもりです。ですが……

ロバート　ですが？

黒田　私のイギリスは、ジェーン・オースティンやワーズ・ワースの、そして、ジョージ・エリオットやトマス・ハーディの生きるイギリスです。なんなら（トクスク笑いをする）マーク・ラザフォードの、と言うても構しません。私は、そんな、そんな自分のイギリスを、失いたくないんです、どうしても！

ロバート　じゃ、僕たちと交際《つきあ》うことで、危うく自分のイギリスを失いそうになったと？

黒田　いえ、そうや、そうやありません。自分の創《つく》り上げたイギリスを守ることと、特定の個人とは、全く関わりのないことです。ピューさん、どうか誤解せんといて下さい。どうか、私の気持をお汲み取り下さい。お願いします。

ロバート　分かりますよ、黒田さん、分かりますとも。

黒田　奥さんはいかがです？　私の言うてること、理解してくれはりますか。

シンシア　ええ、そう思いますけど。

黒田　それじゃ、昨夜の無礼については、お二人とも、咎め立をしない、いう風にとらせてもらっていいですか？

ロバート　もちろんです。

黒田　でも、がっかりはしはった？

ロバート　少しはね……

黒田　やっぱりね。私だって、こんな自分のことをふがいない人間や思います。でも、同じ失望を味わわないかんのやったら、規模の大きいものより小さいもので済ます方が無難やないかと……。そんな風には、お考えになりませんか？

ロバート　ええ、仰ることはよく分かりますよ。

黒田　そやよって、前から言うてたとおり、私みたいなもんをイギリスへ遣るために、あないぎょうさんの労力を費やさはることはなかったんです。（突然思いついたように）もし、あなたがお国に遣るべき人がいるとすれば、それは、この家の書生さんと違いますか。あの君《くん》ならきっと、さ、さっき話した感情教育から、多くのものを得ることが出来る思いますけど……。ピューさん、どうかこれからは、あの若者のために尽力してあげて下さい。（縁側に歩を進めながら）私は明日、休暇を過ごしに母の郷里の島を訪ねるつもりです。お便りしたら、返事をくれはりますか？

ロバート　もちろんです。

黒田　でも、そのために、あなたがまた忙しい目に遭わんならんいうようなことはありませんか？

ロバート　それは相手に気をまわしすぎというものです。あなたへの返事の一つや二つ、何時だって書けますよ。

黒田　あなたというお方は、ほんまに気持の優しいお人や。……それでは私、これで失礼します。ピューさんも、奥さんも、どうぞお達者で。

（黒田、深々とお辞儀すると、急いで石段を下り、庭を通って門の方へ姿を消す。ロバート、タンブラーにもう一杯水を注ぎ、それを一気に飲み干す）

シンシア　あの先生、ちょっぴり味のある人ね。

ロバート　いや、ちょっぴりなんてもんじゃないよ。とっても味のある人物さ。今でもあした日本人を時々見かけることがあるけれど、大抵は黒田さんと同じ世代の人だね。彼みたいな人柄の日本人に出会うと、僕たちは直ぐに、自分たち西洋人が、少し物質欲に囚われすぎて精神の品位を失った、卑しい人間になってしまっている、ってことに気付くわけさ。

シンシア　あの方の決心は、実際、あなたの振興会が、その紹介と普及に努めている「現代イギリスの生活様式」ってものの否定だったわけね。そうじゃなくって？

ロバート　まあ、そんなところだね、あんまり喜べるような話じゃないけれど。

シンシア　でも、ああいう精神の極地とでも言うべきものを突きつけられると、こちらはもうお手上げね。……それであなた、まだあの扇風機、修理に出して下さってないの？

ロバート　そりゃあ、夏が終わって、電気屋さんが休暇から帰って来るまで待つより仕方ないんじゃないかな。夏は万事が活動停止だからね。

（中野、リュクサックと大きな茶色の紙につつんだ荷物を手に登場。彼はそれを一日畳の上に置いて退くと、今度は紐《ひも》で無造作に縛った、使い古しのスーツケースを座敷に運び込む）

中野　そろそろ出発します。

シンシア　あなた、それ全部持って行くの？

中野　部屋に僕のもんは、何も残っとらんです。後片づけもきれいにしたつもりやけど、ご覧になりますか？

ロバート　そんな必要はないよ。

シンシア　夏休みでいくらお実家《うち》に帰るからって、全部持って行かなくてもいいでしょう。持って帰る必要のないものなら、ここに置いておけばいいのよ。

中野　ばってん、そげなことしたら、奥さんたち、他の人に部屋ば貸せんようになりますけん。

シンシア　他の人？

ロバート　我家《うち》にもう一人、君みたいな人間が現れるっていうのかい？

中野　休みの期間、アルバイトでハウスボーイみたいな仕事ば探しちょる学生やったら、なんぼでもおるとです。

ロバート　そりゃあそういう学生は一杯いるかも知れないが、君は一人だけだよ。
シンシア　わたしたち、今夜嵐山に、話に聞いたあのお祭り、観に行こうと思っているのよ。あなたが案内してくれなきゃ、見所が分かりゃしないわ。
ロバート　いや、今夜の祭りだけじゃない。君が戻ってきてくれるまで、こっちの暮らしも詰まらないものになりそうでね。
中野　（まるで、最後の別れの挨拶でもするような口振りで）お二人には、本当にお世話ばなりました。ここでの楽しい思い出は、一生忘れません。
シンシア　ただ、楽しいだけ？
中野　いえ、為になったことも、それは沢山あるとです。いい勉強ば、させて貰いました。
ロバート　感情教育って意味？
中野　西洋の作法や習慣や人間のことば直《じか》に知りたいと思とった僕に、お二人は、またとない機会ば授けて下さったとです。（ぎこちなくお辞儀して）本当に、有難うございました。心より、お礼ば申します。
ロバート　君が僕たちに頭を下げなきゃならない謂われはないよ。世話になったのはこっちの方さ。
中野　あ、あのう、ピューさんに奥さん、ち、ちよっと、お願いがあるとですが……。ピユーさんたち、お、覚えておられるですか、夏の初めに、ぼ、僕たちみんな、一人ひとり、モンクスさん、パムのこと書いたとですが。

シンシア　ええ、もちろん覚えていてよ。

中野　だ、だったら、ちょっと、お願いがあるとですが……

ロバート　お願いだって？

中野　ぼ、僕、あの時書いたこつ、そ、そりゃあ恥ずかしゅうて、恥ずかしゅうて……。ピューさんたちには、いや、どげな人にも、読まれとうないです。あ、あんなこつ、書くんやなかった。今は恥じちょります。あ、あれは遊技《あそび》やなかと。遊技なんかにすることやなかったとです。か、返してつかあさい。お、お願いやけ、返してつかあさい。す、直ぐに、破いてしまいます。

（ロバートとシンシア、一瞬中野を見つめる。ややあってシンシア、封筒のしまってある机の方へ歩み寄る）

シンシア　分かったわ。いいわよ、もちろん。（抽斗《ひきだし》から三通の封筒を取り出す）はい、どうぞ、これがあなたのよ。これで、私たちがめいめい何を書いたかってこと、永遠に謎のままね！

（中野、封筒を受け取るが、垂れ蓋のところが開いているのに気付き、愕然とする。そして、ロバートとシ

ンシアが見守る中、それを表向きにする）

中野　（静かな口調で）これを破く必要は、もうなかですね。（トテーブルの上にゆっくりとその封筒を置くと、荷物をつかみ、早足で縁側の方に進む）さようなら、ピューさん……。お達者で、奥さん……。お世話になりました。

（中野、急いで石段を下り、出て行こうとする。シンシア、慌てて縁側に出る）

シンシア　（中野の後を追って）私たちじゃないわ、中野さん。絶対に違うわ。湿気のせいよ、あれは……。信じて、中野さん！

（中野、振り返らず門を出て行く。シンシアが座敷に戻ると、ロバートがくだんの封筒を手に取り、垂れ蓋のところを吟味している）

ロバート　君はこれ、湯気を当てて開けたのかい？

シンシア　まさか！　そんなこと、するもんですか！（ト机のところに行って、抽斗をあける）他の封筒も同じよ。みんな湿っているわ。

ロバート　ほんとにやっていないんだね。

シンシア　わたしが嘘ついていると思う？　今さらそんなことして、一体どうなるって言うの？　わたしだってあなたのこと、疑ってもいいのよ。

ロバート　ああ、したけりゃそうするさ。（ト封筒を開ける）まあ、あの子がどんなことを書いたのか、見てみようじゃないか。
シンシア　ダメ、いけないわ、ロバート、いけないったら！（トロバートから封筒を奪い取ろうとするが、相手は彼女の手をよける）そんなもの読んじゃいけないわ。
ロバート　どうしていけないのさ。あの子は、僕たちがこれを読んだって思い込んでいるんだぜ。今となっちゃ、読んだって読まなくたって、同じことさ。今さら、バカなことを言うなよ。君だって僕同様、あの子がこいつに何を書いたか、知りたくってウズウズしてるんだろう。違うかい？（ト封筒から便箋を取り出して広げる）
シンシア　（ぐったりと椅子に体を沈めて）仰るとおりかもね。
ロバート　じゃあ、読むからね。（ト読み始める）「あいつは、おれの子供をハラムだろう。だけど、その子は産みやしない」
シンシア　いや、やっぱり止めて！　お願いよ！
ロバート　でも本当は、このまま続けて読んで欲しいんだろう？　こうなったら最後まで読んで、彼《あれ》が書いたことを、二人で確認してみようじゃないか。（ト再度初めから読み始める）「あいつは、おれの子供をハラムだろう。だけど、その子は産みやしない。おれはそのうち結核になって、死ぬことだろう。だから、あいつがおれと結婚することはない。イギリスへ戻ったら、恐らくあいつは女郎になって体を売る。あいつのことを忘れることはないだろうが、おれが結婚するのは日本の女だ！」
シンシア　まあ、なんて、なんてひどいことを！
ロバート　その通り。随分乱暴なことを書いたもんだな。
シンシア　でも、それを読んだわたしたちも、恥知らずだわ。（ト急に泣き始める）悪かったわ、中野さん、ほんとにご免なさい。
ロバート　僕たちがあの子に会うことは、二度とないだろう。分かってるね。
（シンシア、なおもすすり泣きながら頷く）
ロバート　これであの子は、自分の感情教育を完了したのさ。（くだんの便箋と封筒を細かく破き始める）
シンシア　今度のこと、ホントに全部起こったことなのかしら？　ひょっとして、わたしたちの空想にしか過ぎないんじゃ……
ロバート　こんなことを、最初は心の中で空想し、最後はそれを、現実のものとしたってことさ、僕たちは。
（シンシア、縁側に出る）
シンシア　このお庭の草木、みんな干からびちゃってるわ。きっとあの子、昨日の夕方の水撒き、忘れたのね。

（ロバート、シンシアの傍に近寄り、二人、庭を見つめる）
ロバート　あそこの大きな雑草も、陽にやられて枯れちまった。
シンシア　ねえ、私たち、これから一体どうするの？　この怖ろしいくらい静まり返った夏の日を、何で充たせばいいのかしら？
ロバート　さあ、そいつは誰にもわからない。
シンシア　（ややヒステリックな慄え声で笑いながら）……そうだわ、病院があるのよ。あの病院にさえ行けば、また沢山のお医者さんが次から次検査をやって、わたしの体を弄《もてあそ》んでくれるわ。うんと、うんと沢山の検査をやってね。
（二人がなお、空虚な庭を見つめ続けているところで幕）

訳註

二〇頁　1　オクスフォード大学の教授で幻想作家（一八九二～一九七三）、『ザ・ロード・オブ・ザ・リング』の原作者。因みにトールキンの息子クリストファーは、キングのオクスフォード時代の学友。

二七頁　2　現在、松江時代のラフカディオ・ハーンの暮らしぶりを知る上で極めて貴重な資料となっている『西田千太郎日記』を念頭に、キングはこの箇所を書いている。キングは日本滞在中、一九六一年の春、講演で島根大学を訪れた際、当時そこで教鞭を執っていたハーン研究家梶谷泰之氏（故人）よりこの日記の存在を知らされ、同年イギリスの文芸誌『コーンヒル・マガジン』に、この日記に詳しく言及したハーン論「孤独な旅人《ワン・イズ・ア・ワンダラー》」を発表した。因みに、梶谷氏は、キングの日本時代の友人、英文学者の故寿岳文章氏とならんで、作中の黒田のモデルとなった一人であり、その黒田の話題にする「大伯父」のモデルは、ハーンが一八九〇（明治二十三）年に松江中学に赴任した際、そこで英語教師を務めており、ハーンと親交を結んだ西田千太郎（一八九七年、肺結核のため三十五歳で死亡）である。なお、キングは、この梶谷氏との出会いと「孤独な旅人」の執筆が縁となり、一九九〇年に開催された、小泉八雲来日百年記念祭に主賓の一人として招待され、「帰属と距離《ビロンギング・アンド・ノット・ビロンギング》」と題する記念講演を行っている。

三三頁　3　「兵士《ザ・ソウルジャー》」は、ルパート・ブルックと同様の運命の下に戦没したジョン・マクレーの「フランドルの野に《イン・フランダース・フィールズ》」とならんで、第一次大戦をめぐる詩作品として最も知られたものである。因みに、同詩の中で歌われる「異郷のかたすみ」とは、自ら兵士として赴いた外国の、戦野の一隅の意。

兵士

もしぼくが死んだら、ぼくについてこのことだけを思い出してください。
外《と》つ国の戦場のひと隅《すみ》に
永久にイギリスである場所があることを。
その豊かな土地には、いっそう豊かな塵《ちり》がかくされているだろう。
その塵はイギリスが生み、形作り、目覚ませたものであり、
嘗《かつ》てイギリスが、愛すべき花を、さまようべき散歩道を、
それに与えたのだ。
それはイギリスの遺骸であり、イギリスの空気を呼吸し、
河の水で洗われ、家郷の太陽に祝福されたものだ。

そして考えてください。
すべての邪悪を洗い去ったこの心が、
永劫《えいごう》の心の鼓動《こどう》が、やはり、
イギリスからもらった思念をどこかで
お返ししていることを。
イギリスの風景や物音と、イギリスふうの全く楽しい夢と、

友だちから学んだ笑いと、それから、平和な心の中の、
イギリスの空の下の、やさしさとを、
お返ししていることを。

soldiers（福田陸太郎訳）

一四二頁　4　自ら状況に関わることにより、主体として生きることを意味するフランス実存主義の用語 engagement が念頭におかれている。戦後、サルトル哲学が西欧の思想界をリードするに及んで、この言葉は、わが国でも広く知られるようになった。サルトルは一九六六年来日し、慶應義塾大学を初め各地で講演し、六〇年代の日本の知識人に深い影響を与えた。なお、プルースト研究の泰斗鈴木道彦氏は『嘔吐』の訳者としても知られ、作者サルトルとも親交がおありになったが、氏には『アンガージュマンの思想』という、すぐれた論攷がある。

訳者あとがき

戯曲『感情教育《ア・センティメンタル・エジュケイション》』は、日本を舞台にしたキングの短篇集『日本の雨傘《ザ・ジャパニーズ・アンブレラ》』に収められている同名の作品と、この短篇集の中で作者のもっとも好む「異郷のかたすみ《ア・コーナー・オブ・ア・フォーリン・フィールド》」とを戯曲の形で一つに合体させたものである。作中の中野は、もともと短篇「感情教育」の、黒田は「異郷のかたすみ」の主人公である。「感情教育」という題名は、もちろんフローベールの同名の小説を念頭においたもので、これには実人生による教育——実人生の苦い経験による美しい幻想の崩壊——というほどの意味があり、フローベール作品にも、この戯曲と同様、主人公の青年が淫売屋に行って失態を演じ、ほうほうの体《てい》で逃げ帰ってくるといったエピソードが盛り込まれている。ニーチェの『善悪の彼岸』の中に、「英雄のまわりではすべてが悲劇になり、半神のまわりではすべてが茶番になり云々」（加藤登之男他訳）という一節があるが、本作においては、善良で月並みな主人公たちの、月並みな暮らしの中での、月並みなつまずきがひき起こす悲喜劇の可笑しみを楽しんで頂ければ充分なので、この際よけいな作品解説はひかえたいと思うが、キング作品になじみのない読者のために、本戯曲誕生の背景ともなった作家の京都での暮らしぶりについて、少々述べてみたい。

一九四六年、オクスフォード大学在学中に『暗い塔へ《トゥ・ザ・ダーク・タワー》』で文壇デビューを果たしたキングは、一九四九年より英国文化振興会《ブリティッシュ・カウンシル》に奉職、行く先々の国を舞台にした作品を発表したが、一九五九年、ブリティッシュ・カウンシル京都支部長として来日、四年半にわたる日本滞在中に、英国文化の紹介と普及につとめるかたわら、代表的長篇『税関《ザ・カスタム・ハウス》』と、後に『日本の雨傘』と題して刊行されることになる多くの短篇を執筆した。因みに『税関』では、井伏鱒二の『黒い雨』に先だって、原爆症に怯える被爆者少女の内面がきわめて精緻に描かれている（『黒い雨』の英訳刊行の際、解説の労をとったのはキングであった）。

本作品の中でキングは、シンシアに、自分が日本の青年に好感をもつのは、彼等が、いまでは西洋の若者が失ってしまった、汚れのない無垢な魂を持っているからだと言わせ、作者の分身たるロバートにも、日本人は、いまやセックスのことしか興味を示さないイギリス人と較べ、生きてゆく上で大切な事柄に対し真摯に取り組む姿勢を失っていないと、この夫婦の許に出入りするパムが日本人の欠点として揶揄《やゆ》する「野暮さ」や「融通のきかなさ」や「生真面目さ」を高く評価させているが、これは、日本時代のキングが、様々な

キングと「キングズ・カレッジ」の生徒達。当時の京都ブリティッシュ・カウンシル図書館前で。

小関馨子氏提供

場で、この国の多くの若者と交わりを結ぶなかで懐いた実感に裏打ちされている。元来が人好きで客好きのキングは、京都に赴任するや、京都大学の近傍にある応用化学研究所の一角を間借りしたブリティッシュ・カウンシルで、自身を含む英国の文人・学者による講演会を頻繁に開催する一方、週二回自ら「ケンブリッジ大学資格試験準備クラス」の指導にあたり（このクラスは当時、「生徒」達の間で「キングズ・カレッジ」と呼ばれた）、また住居とした京大の理学部や農学部にほど近い、北白川の風間邸の離れでは、週一回（当初は二回）オープン・ハウスを開き、大学生以上の年齢のものなら誰でも受け入れた。これらの場には、現役の中・高の英語教師のほか、当然のように、様々な学部から、京大と同志社の若き俊英が集まった。当時をよく知る方のお話によれば、作家の自宅ではパ

ーティなどもさかんに催され、時折招待を受けて足を運ぶと、玄関の靴脱ぎは、きまって来客の靴であふれていたという。

いまは故人となられたが、こうしたキングの「生徒」の一人に、島田美穂さんという、日本の古典文学や文化・芸能に一際《ひときわ》通じた女性がおられて（島田氏は、後年佛教大学教授として後進の指導にあたられた）、彼女の案内で、能・歌舞伎の鑑賞は言わずもがな、奈良・東大寺の「お水取り」や壬生《みぶ》寺念仏踊りに嵐山の三船祭り、また歌舞伎十八番の一つ「鳴神」の舞台、京都・雲ヶ畑の岩屋不動から比叡山は延暦寺の開祖伝教大師の廟のある浄土院まで、キングはオープン・ハウス等で耳にした古都の伝統行事や名所旧跡を、貪欲なまでに観てまわった。

当時のキング宅には、京大大学院で英文学研究に携わる福島教和さんという才人が、作家の私設秘書と運転手とを兼務しておられたほか、今井さんという通いのお手伝いさんがいた。不幸にも、後年ロンドンで作家がその最後を看取ることとなった福島氏は、キングの代名詞ともいえる『税関』成立に重要な役割を果たしたお一人であるが、「今井さん」も本作を初めとして、時折キングの短篇に登場する家政婦のモデルとなった。もっとも私が手許の写真に見る彼女は、明るく朗《ほが》らかで、いかにも勤勉そうな女性に見え、作中の武村のような怠惰な印象はみじんも受けない。「今井さん」は、作家が日本を去るとき、愛犬「パピーちゃん」の引き取り手となった。一体キングには、自身をもふくめ自分の愛するものを作品の中でコケにして面白がるという「やんちゃ」なところがあり、それ故、息子の作品は欠かさず読んだ母親のフェイス夫人も、自分がモデルである『未亡人《ザ・ウィドー》』だけは、一切頁を繰ろうとはしなかった。

ところで、この頃のキング宅には、いま一人「住み込み」で作家の世話を焼く青年がいたが、彼こそは、本作の中野のモデルとなったS氏である。拙訳では中野は九州出身ということになっているが、S氏の郷里は四国であり、氏が学生時代打ち込んだスポーツは、柔道ではなく、ラグビーであった由。劇中の中野とパムの情事はもちろん「作り話《インヴェンション》」である。

これに対して、「異郷のかたすみ」の中の、英国行きを熱望しながら、実際その機会が訪れそうになると、それを敢《あ》えて反古《ほご》にする老教授の話は実話にもとづいている。作中の黒田のモデルとなったのは、『源氏物語』の英訳者アーサー・ウェイリーである。日本および中国研究で輝かしい業績を上げたウェイリーであるが、この碩学はその実日本にも中国にも行ったことがなく、その暮らしは隠遁生活に近いものであった。ウェイリー訳の『源氏物語』から深甚の影響を受け（作家は来日して間もなく手に入れた秋田犬に「ゲンジ」と名づけ可愛がった）、その上彼と顔見知りであったキングは、ウェイリーにさかんに日本訪問を促《うなが》したのだが、彼は結局この親切な勧めを断ったのである、「わたしには、心に描く日本があります。だから現実の日本を見て、その夢を壊したくないのです」と言って。因みに——こんな告白をすると、当人はさぞや草葉のかげで嘆くことだろうが——、私は大学時代に教わったある英人教師とのご縁で、ウェイリーの曾孫弟子ということになっている。

おしまいに、本作品で用いたテキストと翻訳とについて述べておきたい。戯曲『感情教育』は一九八〇年の作で、『東のはて《ファー・イースト》』という題名のもとバーミンガムで初演されたが、現在英国では刊行されていない。バーミンガム公演の折、前日の稽古で順調な仕上がりを見せていた中野役のパキスタン人の俳優が大失態を演じ、それが原因《もと》で興行的に芝居は失敗、作品のロンドン公演は実現しなかった。一旦は再演を視野に戯曲の題名を『感情教育』と改めたものの、この挫折にあって、結局のところキングは劇作家としての筆を折ってしまった。キングの親友だった作家のジョン・ヘイロックが、「フランシス・キングの思い出」(「フランシス・キング研究」第三号、一九九八)の中で本作品に言及していたため、後年キング本人にこの戯曲について問い合わせたところ、一九七〇年代初頭の作である、十九世紀末イタリアの大女優エレオノーラ・ドゥーゼを主人公とする未発表戯曲のそれとともに、本戯曲の草稿を私に託してくれたのであった。先にも述べたように、中野のモデルであるS氏は四国のご出身であるが、拙訳では青年の出身地を、キングの了解のもと、九

キング演出による「鷹の井にて」上演風景。京都市中京区三条御幸町の毎日会館にて。
1960年1月30日。野口健司氏提供

州とした。訳文で、中野の科白を九州方言に改めて下さったのは、キングの高弟の一人で、京大大学院時代作家自身が演出した英語劇、イェイツの「鷹の井にて」《アット・ザ・フォークス・ウェル》に出演なさった、英文学者で九州大学名誉教授の野口健司氏である（余談ながら、元日本物理学会会長で、慶応大学名誉教授の米沢冨美子氏は、この時の野口氏の演劇仲間である）。訳文の最終的な文責はもちろん私にあるが、もし本戯曲において、ピュー夫婦とパム以外の登場人物が標準語を話していたとしたら、作品はしごく平板で、よほど無味乾燥なものとなっただろう。ことに中野の九州訛《なまり》は、通俗なオペラ台本を時に歌劇として最高の芸術作品に引き上げる、音楽家のあのすぐれたパフォーマンスにも似た役目を果たしている。野口氏のご尽力に深謝する次第である。

なお、既述のように、今回訳出するにあたって用いたテキストは、作者の綿密な校正を経て刊行されたものではなく、あくまで草稿なので、特にわが国での出版・上演を前提とした翻訳においては、若干の修正を余儀なくされた。その第一の修正箇所は、第二幕第三場の、「私は明日、休暇を過ごしに母の郷里の島を訪ねるつもりです」という黒田の科白である。この箇所は原文では I am going to *my island home* for the summer vacation であり、すなわち彼が訪れようとしているのは自分の郷里の島である。だがこれは、自分の実家は（京都市内の）ロバート宅の近所で、代々造り酒屋をいとなんでいると話す、第一幕第一場の彼の科白と齟齬をきたすところから、キングと協議の上、この場面で黒田の訪ねるのは、「母の郷里の島」と改めることとした。第二の修正箇所は、第二幕第一場でピュー夫婦と黒田が観る歌舞伎の演目である。原文では彼等が見物するのは「橋弁慶《ベンケイ・オン・ザ・ブリッジ》」となっているが、「橋弁慶」はもっぱら能の演目なので、拙訳では、キングの了解のもと、これを、九代目団十郎が初演し、六代目梅幸や菊五郎が好演した「船弁慶」と改めた。ほかにも、作者の許しを得て、ト書きの部分をふくめ、私が手を加えた部分が幾つかある。キングの生前、作者との充分な議論の上でこれらの修正をおこない、この戯曲がわが国での上演に相応しいものに一歩でも近づいたとすれば、訳者にとっては望外の喜びである。

二〇一九年初夏

横島　昇

英国ペンクラブより
金ペン賞を授与され
たキング。2000 年

Francis King

1923 年スイス生まれ。幼年時代を父親の勤務地インドで過ごす。オクスフォード大学で古典学を専攻、学生時代『暗い塔へ』で文壇デビュー。1949 年よりブリティッシュ・カウンシルに入り、イタリア、ギリシア、エジプト、フィンランドに赴任、行く先々の国を舞台に小説を発表する。1959 年より 63 年までブリティッシュ・カウンシル京都支部長として日本に滞在。日本勤務を最後にブリティッシュ・カウンシルを去り、帰英して文筆に専念。代表作に日本を舞台にした『税関』のほか、1951 年『隔てる川』（サマセット・モーム賞）、1964 年『日本の雨傘』（キャサリン・マンスフィールド短篇賞）、1970 年『家畜』、1978 年『E.M. フォースター評伝』、1983 年『闇の行為』（「ヨークシア・ポスト」小説部門年間最優秀賞）などがある。1978 年から 85 年まで英国ペンクラブ会長、翌 86 年から 89 年まで国際ペン会長を務める。長年にわたるその優れた業績により、1985 年、英国王室よりコマンダー勲章（the C.B.E.）を、2000 年、英国ペンクラブより金ペン賞を、そして 2011 年、王立文学協会よりベンソン・メダルを授与される。2011 年 7 月 3 日、ロンドンにて死去。

よこしま　のぼる

1953 年京都府に生まれる。1976 年京都外国語大学卒業、80 年同大学院修士課程修了。著書『フランシス・キング　東西文学の一接点』（こびあん書房、1995）、『ガラシャの祈り』（未知谷、2019）。
訳書　フランシス・キング『日本の雨傘』（河合出版、1991）、郡虎彦『郡虎彦英文戯曲翻訳全集』（未知谷、2003）、フランシス・キング『家畜』（みすず書房、2006）。

感情教育《かんじょうきょういく》

2019年6月20日初版印刷
2019年7月10日初版発行

著者　フランシス・キング
訳者　横島昇
発行者　飯島徹
発行所　未知谷
東京都千代田区神田猿楽町 2-5-9　〒101-0064
Tel. 03-5281-3751 / Fax. 03-5281-3752
［振替］ 00130-4-653627

組版　柏木薫
印刷所　ディグ
製本所　難波製本

Publisher Michitani Co, Ltd., Tokyo
Printed in Japan
ISBN 978-4-89642-583-3　C0098